回归，还是出发？

高尔泰 著

北京出版集团
北京出版社

图书在版编目（CIP）数据

回归，还是出发？/ 高尔泰著. — 北京：北京出版社，2021.1
ISBN 978-7-200-15018-6

Ⅰ. ①回… Ⅱ. ①高… Ⅲ. ①文学研究—文集 Ⅳ. ①I0-53

中国版本图书馆 CIP 数据核字（2019）第 099570 号

特邀编辑：韩慧强
责任编辑：高立志　王远哲
责任印制：陈冬梅
封面设计：马钦忠　张　丽
装帧设计：吉　辰

回归，还是出发？
HUIGUI, HAISHI CHUFA?
高尔泰　著

出　　版：	北京出版集团
	北京出版社
地　　址：	北京北三环中路 6 号
邮　　编：	100120
网　　址：	www.bph.com.cn
发　　行：	北京出版集团
印　　刷：	北京华联印刷有限公司
经　　销：	新华书店
开　　本：	880 毫米 × 1230 毫米　1/32
印　　张：	10.25
字　　数：	158 千字
版　　次：	2021 年 1 月第 1 版
印　　次：	2021 年 1 月第 1 次印刷
书　　号：	ISBN 978-7-200-15018-6
定　　价：	65.00 元

如有印装质量问题，由本社负责调换
质量监督电话：010-58572393

庚子春愁
——作者前言

三年前,比尔·盖茨在北京大学演讲,向学生们说,"你们赶上最好的时代了"。我在屏幕上看到,有一种怪异之感。这个据说世界上最聪明的头脑,武装了最先进的科技——人工智能,要传达什么样的价值观和审美观呢?

人们曾经相信,人工智能这个比我们聪明万倍的"头脑",能解决千百年来人类不能解决的老大难:疾病、战争、贫富两极化、奴役合法化……奇怪的是,从"深蓝""阿尔法狗"相继被超越至今,所有这些老大难,不仅仍是老大难,而且变本加厉了。

这次病毒大流行,也是社会测试剂。显示出来的不仅是某人某国特例，也是全球存在的一般状况。最是平时看不清的权贵精英们的状况：有多少金融大鳄、高官显宦、科技巨头、学术权威、大导巨星、主流媒体、名牌大学、网络平台、跨国公司，和威权政治之间，在不同制度层面和不同价值观层面底下的深层勾兑，出乎想象。

这才知道，他们不是分不清正邪美丑，而是聪明到没有分别心。没有义利之辨，但有利多利少之辨。做得高科技，货予帝王家，财源滚滚，何乐不为？

利用人工智能，他们把千丝万缕复杂能动的利益链，梳理编织成一片全球开发网络。弱肉强食的丛林法则，由于秩序化而效率飞增。飞增到什么程度？看看达沃斯世界经济论坛公布的一些数字，就可以有个大致概念。如：全球百分之一的人拥有全球百分之八十二的财富；如：全球最富有的二十六个人的财富等于全球一半人口财富的总和。本届联合国秘书长古特雷斯最近的一次讲话中，也提到这些数字，可以互证。而瑞士银行秘密客户们究竟有多少存储，还不在视野之中。

不同于几千年来各国互通有无的活动，现在的所谓"全球化"，已经远远超出了商业贸易的范围。权贵资本们有选择地推向全球的不仅是商品，还有开发计划、治理模式、意识形态甚至生活方式。对于没有选择余地、被治理被计划被开发的我们来说，谁掌握了大数据和算法，谁就是自己的主人。这不仅是一条通向奴役之路，也是一条人类的自我毁灭之路。

五十年前罗马俱乐部的一份调查报告就已经指出，无限开发将耗尽地球有限资源，从而毁灭人类。这没引起足够关注。现在开发规模成倍飞增，商业巨头迅速壮大。壮大到作为经济体，一个跨国公司的体积和能量，可以超过好几个国家的总和。全球二百多家这种大家伙，不仅掌握着亿万人的命运，甚至可以左右国际政治的格局，没人管得住。别说是民间环保组织，就连国力强大的民主政府，也对付不了。1998年美国政府和二十个州根据反托拉斯法联合控告微软垄断，证据确凿而未能定罪，被讥为"巴掌打在手上"，是其一例。

后果来得很快。生物学家按现有物种减少的速度计算，预言一百年内地球将面临第六次物种大灭绝。和以前火山爆发、小行星来撞不同，这次灭绝将是人类活动的结果。为了人类的延续，继霍金寻找其他宜居星球的努力之后，特斯拉CEO马斯克的"火星殖民"项目，更计划从2024年开始，逐步把一百万人送上火星，去建立起一个可持续的文明，给人类留下一个备份。这些仁慈悲观的天才，用心良苦。但是生化核武、怪病失控之类，都还没算进去。与生态恶化同步的诸多政治危机和法制危机、人道灾难和道德灾难，比如科技巨头们帮助暴君监控人民，使后者失去心灵魂魄，变成智能载体如韭菜、马牛，也都没有算得进去。

智能算法，不是、也不能，代替人的心灵。比如植物，种子可远播，断枝可再生。树叶根尖之间资源信息的流量协调如同互联网，去中心化的模块结构如同区块链，很智能。但无心灵，即无自我。韭菜被割，生生不息，潜能无穷，却只为别人而活。斯宾格勒说动植物的区别在于动物有自由，也未必。不用说牛马安于"他由"，就是自由的主体人类，其无数的个体存在，也会因为"他由"，活成韭菜、马牛。无数韭菜、马牛的巨大潜能被超级资本开发出来用以榨取地球资源，反而成了自己的末日加速器。

去年秋天，波兰作家托卡尔丘克用诗一样的语言，描绘出了一幅光鲜酷炫表象底下麻木灰暗的图景："世界快死了，却没人注意到。"我的问题是，即使谁都没有注意到,那百分之一多藏必厚亡的巨富人精焉能不知?焉能不怕?焉能不因恐惧而收敛一些开发的速度和攫取的数量?我想错了。以色列史学家赫拉利、瑞士物理学家马约尔先后指出,那些人没有末日;地球坏了可以迁居火星,身体坏了可以化为硅基;不但得以永生,还能出入诸维,遨游宇宙,胜似金丹换骨,用不着为其他人的命运担责。

这不是没有人性,人性就是如此。自从几百万年前人类从非洲猿类中分化出来,开始走上不同的演化道路至今,仍有百分之九十九的DNA和猩猩相同。《全方位的无限》作者、理论物理学、生物物理学家戴森,和生物化学家哈金斯把核冬天的阴影,和其他非自然力导致的灭绝灾变可能,归因于这个"人的兽性",即"自私基因",言之成理。

加上那百分之一向往真善美的"非自私基因",应了一句古老的格言:"兽性加神性等于人性。"人类文明,是百分之一神性的产物。宗教文明把兽性看作人的原罪孽障,力求通过信仰与自律,寻求救赎与超越。但是挡不住拜物教横行、挡不住有钱能使鬼推磨……。世俗文明致力于人类兽性的约束:订立宪法,定义政府,制衡权力。但是治不了权钱交易,治不了窃钩者诛窃国者侯……

两种文明互补，本来是人类进步的双翼。铩羽如此，历史能不下行？下行中怪病杀遍全球之际，又来了一场趁疫情一哄而起享受破坏快感的嘉年华，魔幻得像20世纪60年代的红色浪潮。无复名实之辩，无复器用之辩，无复古典无政府主义败于性善论错误的悲凉凄美。当代以暴力叙事的无政府主义，只能加深世界濒临深渊的绝望氛围。

悬崖在前，我们必须后退。退一步海阔天空。人性中还有神性，历史就必不虚无。众先哲至深至大的智慧，众先贤至难至善的德业，几千年王霸分合正反两方面代价至大至痛的经验教训……这一切的结晶——"富强""民主""自由""平等"，原本就在那里，是我们脚下坚实的土地，不是暴力者放倒几个伟人雕像就会塌陷的。回到过去，从传统的宗教文明和世俗文明，亦即人性中的神性吸取能源重新出发，平衡价值理性和工具理性，重建现代社会的契约精神和正义原则，不是没有可能。

当然，知易行难。价值观层面上回到过去，说一句"不自由毋宁死""不义而富且贵，于我如浮云"或者"骆驼穿过针的眼比财主进神的国还容易"……

很容易，却没用。另一方面，操作层面上不能回避的当务之急，拆分超级资本，解体科技极权，又近乎没可能。冰冻三尺，非一日之寒。弄不好就是国家资本主义，同样可怕。面对这些悖论，我再次深深感到，渺小个人在巨大历史命运面前的无能为力。

无力感、无意义感，是我在遥远青年时代曾经有过的体验。想不到一甲子沧桑巨变之后，那时的缺乏、需要和追求，居然会仍然是今天的缺乏、需要和追求。这三本书中的文字，是同一种追求的产物。知识结构和认识结构或有新陈代谢，思维方式和感觉方式或有不合时宜，但是作为同一种意义的追寻，却又无分今古。再次重刊，以就教于新新人类，也是渺小个人希图通过回到过去，参与重建工程的一个心愿。

现在麻烦大，未来不确定。老态侵双眸，额手望天涯，闲愁万种。唯愿目前的危机早些过去，孩子们的将来，能有一份祥和。

2020年5月，于拉斯维加斯

目　录

屈子何由泽畔来？……………………001

愿将忧国泪，来演丽人行…………028

《绿化树》印象……………………038

"看客"的文学……………………046

当代文学中的现实主义问题………056

文学的当代意义……………………066

为"社会学的"评论一辩…………077

答《青年作家》问…………………091

文学可以是商品吗？………………103

话到沧桑句便工……………………113

答《当代文艺思潮》杂志社问……125

文学与启蒙…………………………139

我怎么看文学——从敦煌经变说起……………144

寻找家园，就是寻找意义………………163

文盲的悲哀………………………………182

弱者的胜利………………………………198

艺术与人文………………………………216

跨越代沟…………………………………246

回归，还是出发？………………………254

中国山水画探源…………………………267

中国艺术与中国哲学……………………289

屈子何由泽畔来?
——读《骚》随笔

1985年5月,笔者在《读书》上发表了一篇短文,批评一种对于"爱国主义"的误解。作为例证,简略提到,今天有些人把屈原的自沉不去,作为现代人"爱国主义"的榜样,这种做法不但误解了屈原,也混淆了祖国和政权两个不同的概念。限于篇幅,未能详谈。许多人对此仍有疑问。屈原这样一个复杂矛盾的人物,不是三言两语能够概括得了的,这里再说几句,作为对上述疑问的回答。

从历史上来看,即使在正统的儒生中间,对于屈原的自沉不去也有不同意见。从汉初的贾谊、扬雄,一直到清代的许多学者,看法都不一致。少数持批判态度,多数则竭力赞扬。赞扬者认为:"生不得力争而强谏,死犹冀其感发而改行,使百世之下闻其风者,虽流放废斥犹知爱其君,眷眷而不忘,臣子之义尽矣。"批判者认为:"张仪侮弄楚怀,直似儿戏,屈原乃欲托之为元首,望之如尧舜三王,虽忠亦痴。"第一种意见以宋代丹阳人洪兴祖为代表,语见其《楚辞补注》。第二种意见以李贽为代表,语见其《焚书》卷五。两种意见之外,还有更多意见:或者说他应高蹈远引;或者说他应龙蛇深藏;或者说他应择主而事;或者说他既如此死谏,应随楚怀王入秦,学蔺相如血溅秦王;还有批评他呜咽悲泣"近于妇人"者;现在还有一种说法,说他是弄臣;有人甚至怀疑他是同性恋,闲言碎语,兹不具录。

这两种意见,都是说忠君问题,不是说爱国问题。而我所强调的,则是忠君不等于爱国。

如果说在奴隶国家和封建国家,以宗法关系为中介,忠君和爱国之间还存在着某种联系的话,那么现在强调这个联系,也就是混淆了少数人统治绝大多数人的宗法制封建国家和人民民主国家之间的界限,所以是不适当的。至于祖国,则是一个更根本的概念,它主要是同故乡、父老、传统文化等等相联系,而不是同某一历史的暂时的国家政权相联系,更不可笼统地一概而论。

屈原是否忠君爱国?是否值得后人模仿?所有这一切都是别人的说法。至于屈原本人,他未必虽流放废斥犹知爱其君,也未必望楚怀如尧舜三王。局外人处境、体验都不同,对于当事人的委曲私情,终不能体贴入微,说来虽头头是道,却未可据以推断屈原的真意。历史真实本来就是难以把握的东西,某个人的真意更未可轻论。好在屈原有他的作品在。作品,这是思想与情感的化石,联系到它所出土的地层,即当时宏观的历史社会背景,我们也许有可能找到某种了解屈原的途径。

从作品看,屈原是一个充满矛盾的人物。如果追溯这些矛盾的根源,在较为切近的层次上可以追溯到北方的华夏文化与南方的楚文化的差异,在更深的层次上可以追溯到理性结构和感性动力的冲突。

中国历史上的"华"、"夏"与"蛮"、"夷"、"戎"、"狄"之分,文化的含义多于种族的含义。从原始社会起,经夏、商、周三个奴隶制王朝的统一,居住在黄河流域的各个部族,由于遵守共同的周礼,融合成了一个共同的华夏民族。春秋战国时代,群雄割据，各自为政，形成了许多具有国家形式（政权、土地和人民的共同体）的诸侯国，但各"国"的国君也还都是西周王朝的宗室世卿，他们的独立性主要还只是意味着民族的分裂。所以他们又都谨守着作为民族文化象征的周礼，并在这个共同的前提下，保持着政治、经济、文化（狭义的）等多方面的联系，形成了一个共同体。在这个共同体内，虽说征战不绝，英雄人才辈出，诸子百家蜂起，哲人们都在重新估价一切，但又都用共同的语言交往，用共同的语言争论，由一个统一的精神生态环境，即统一的语义环境结合为一个整体。

僻在荆蛮，与中原异俗殊风的楚国，是在这个语义环境之外独立地发展起来的。楚民族的祖先三苗在原始社会就是炎黄氏族的劲敌，后来被禹赶出黄河流域，避居江汉，被当作蛮夷，也自称蛮夷，视诸夏为异类，常问鼎于周室，"有敝甲欲以观中国之政"，使中原各诸侯国受到莫大的威胁。为了对付日益强大的楚国的挑战，后者在"尊王攘夷"的口号下联合起来，进行对楚国的战争。互相征服的结果，使得黄河流域的华夏文化，得以渗透到楚国，带来两种文化——华夏文化和楚国固有的民族文化之间互相交流、互相影响和互相冲突。

  史学家们习惯于把这两种文化的区别，看作是史文化和巫文化的区别。华夏族的祖先炎黄族的文化是由史官来掌握的，到春秋战国时期，这个传统基本上保持未变，所以华夏文化基本上属于史官文化。史官文化力图用统一的理性来解释一切，力图排斥一切荒诞与神秘，终至把诗与神话都变成了史。"我读豳风七月篇，圣贤事事在陈编。"三百篇早就成了经史（被称为《诗经》），成了礼教的一部分（所谓"诗教"）；以致后世儒生，每以经义解诗，把"关关雎鸠"说成是"后妃之德"，把"汉有游女"说成是"无思犯礼"，达到了完全不顾事实的程度。神话也不例外。《左传》释"封豕"为"恶人名封伯有豕心"；《大戴礼记》释"黄帝三百年"为"生而民得其利百年，死而民畏其神百年，亡而民用其教百年"；《太平御览》引《尸子》释"黄帝四面"为"黄帝取合乎己者四人使治四方"；《吕氏春秋》与《韩非子》释"夔一足"为"夔者一而足矣"，等等。一切超验的、想象的和未知的东西，一股脑儿被纳入一个既成的和封闭的理性结构，纳入一个和两周礼仪相联系的、"祖述尧舜、宪章文武"的封闭的文化体系。

　　巫文化即楚文化的特点，就在于它没有这样的一个体系。当然，从另一方面来说，巫文化也并不是无拘无束的东西。虽说是活动的语义环境不同，巫觋活动的实用性并不亚于史官活动的实用性，自然会受到种种社会需要的制约。但是，由于在巫文化中，感性的成分多于理性的成分，没有形成一个严密的结构系统，所以它的封闭性较少。巫觋以鬼神使者的身份掌管文化，文化就具有许多神秘的和浪漫的色彩。纷红骇绿的神话传说，交织着仿佛来自史前时期深渊的各种原始意象，加上潇湘水国遥岑远波引起的凄婉渺茫的遐想和雨雾深锁的幽谷峻岭引起的惶惑与恐惧，便构成了一种斑斓万翠、闪烁明灭的文化心理现象：神话美丽，民歌多情，宗教仪式有声有色，民间风俗丰富多彩。哲学思想更是杳冥深远，汪洋恣肆而不受控捉。从《太平御览》、《汉书》的《地理志》《郊祀志》和王逸《楚辞章句》诸序中屈赋研究者们经常引用的那些章节，可以看到那种文化生活的一斑，可以看到楚人的感性精神多于理性精神。他们对现实的感知与理解、想象与情感，都无不在荒诞不经之中保持着对于某个超验世界的联系。这种联系使得他们的文化，一方面固然荒诞不经，另一方面却又光怪陆离，万化千变，有一种独特的不完整性、未完成性和开放性。

我们看屈原的《天问》，他思想的触须已经穷极宇宙的原始，深入自然的本源。一切未知的东西和超验的东西，包括鬼神世界和本体世界，都无不引起他浓厚的兴趣。屈原的同乡老子与庄子的著作也是这样，富于探索性、力求穷尽事物的根本。不像北方的儒学，只涉及社会关系这一层次。"未知生，焉知死"，似乎实际；"子不语怪力乱神"，似乎科学；但这实际与科学，本质上却是限制视野的框框，使人们只着眼于一个已知的现实世界，拒绝另一个未知的世界。只满足于思想已达到的层次，不承认还有更深的层次。由统一的理性解释一切，圆满周到，合情合理，自给自足，这种情况正好表现出华夏文化封闭性和保守性的一面。

说华夏文化有封闭性，楚文化有开放性，并不是要扬此抑彼。这种比较只是就一个方面而言。整个来说，华夏文化是更为伟大的文化。无数古老的沉淀物所形成的框架结构是非常宏伟的，在其深层也凝聚和郁积着更为巨大的忧患意识，并且这些忧患意识所激起的情感潮流，都被导向一些事先开凿好的河道，这一工程也是非常宏伟的。它是"土厚水深词意重"，不似南方文化的轻盈和流动。北方自然条件比较艰苦，北方人要付出更多的劳动来维持生计，所以比较实际，比较理性，比较墨守成规；不那么任性，不那么富于想象（阳光普照、道路纵横的北方土地也不容易引起什么想象），相对而言也不那么具有自由精神和开拓精神。这种民族性格和史官文化的性格是一致的。所以北方文化的产物，更多人工味，不那么五彩缤纷，但是质朴、厚重、具体。个别来看"如山如阜，如岗如陵"，整体来看就像北方苍茫的大野，阡陌纵横，平畴千里，单调、雄浑而又合乎规矩；象征着固定的理性结构，象征着严格的秩序和礼仪。它和空灵飞动的南方文化产品的区别，恰像钟鼎和山林的区别，后者是"五色杂而炫耀"，比较自然，比较率真，比较无拘无束，比较富于感性精神，但却奔放有余而沉郁不足。所以在班固看来，屈原是"露才扬己"，这话也并非毫无根据。

　　从华夏文化和楚文化的这种差异，可以看到理性精神和感性精神的差异。理性这东西，作为历史的成果，本质上是结构性的。正如感性这东西，作为生命力的运行，本质上是动力性的。二者的关系，正像生产力和生产关系的关系。精神生产中的理性结构，也像物质生产中的生产关系，不过是感性动力——生产力的一种活动方式。二者统一于人类改造世界的实践活动。人类实践地通过使用、制造和更新语言符号工具的活动所从事的精神生产，一如他们通过使用、制造和更新物质工具的活动所从事的物质生产，具有结构和动力相统一的一元性质。结构的建立作为手段的建立，无非是动力为实现自己的目的所设置的中介。小至一个概念、一首诗，或者一把斧头、一台发电机，大至整个文化系统，知识结构和认识结构，或者工农业生产系统和整个生产力和生产关系结构，都无不是这样的中介。人类通过不断地把合目的的中介设立为新的目的，并为实现它们而不断地寻找新的中介的活动，也就成为他们创造历史、推动历史前进的活动。这个活动，归根结底也就是人的生命活动。

正如既成的生产关系常常要束缚生产力，既成的理性结构也常常要束缚感性动力。这也是一种异化。华夏文化中的神话与诗被纳入经、史的模式，就是这种束缚即感性与理性相异化的表现。由于这种异化，在同一模式里统一的理性解释和铸造一切，于是多变成了一,生动的变成了固定的,混沌的变成了清晰的,可能的变成了现实的,一切纷纷凝聚、积淀,成为模式的一部分,而与自身相疏远了。"关关雎鸠"之变成"后妃之德","汉有游女"之变成"无思犯礼",就是这种疏远的证明。

"《诗》三百,一言以蔽之,曰:思无邪。"孔子这话,我向来有点怀疑。但细细一想,又觉得有点对。所谓"无邪",当然是指合乎礼。礼是行为规范而不是思想规范。"国风好色而不淫,小雅怨诽而不乱。"好色与怨诽,用儒家的标准来衡量,绝不能说是不邪。但这仅仅是思想情感的"邪",所以邪是邪了,却又没有导致行动,所以又不淫不乱,可以算作"无邪"。这里面有一种社会规范对于自然情感的压抑,一种理性结构对于感性动力的束缚,不能说没有一点虚伪。但这虚伪,儒家是认可的。荀子就说过:"性者,本始材朴也;伪者,文理隆重也。无性则伪之无所加,无伪则性不能自美。性伪合,然后圣人之名一,天下之功,于是就也。"(《礼论》)这个观点,应用到美学上,就叫作"以礼节情",或者"以理节情"。在这里,理和礼是同一的。所谓节,一方面意味着这礼(或理)并非与情一体,一方面也意味着情是受理或礼束缚的。礼（或理）是一，情是多，"以理（或礼）节情"，也就是用一来规范多，用"吾日三省吾身"式的阴郁的道德教条，来代替无限多样的探索与追求。这样一来，诗歌的路自然越走越仄了。《诗经》以后的诗坛，冷落了三百余年。以致先秦，这个哲学史上辉煌灿烂的时代，在诗歌史上却留下一页灰色的空白，绝非偶然。这不是什么"王者之迹息而诗亡"，而是异化了的理性结构窒息了感性动力的结果。

值得强调指出的是，这里的所谓理是指与礼同一的理，即儒家所谓的理。理与礼的同一是理性结构与感性动力相异化的标志。只是由于严格的礼仪结构与严密的理性结构互相因依，形成了一整套固定的生活、思想模式和伦理道德规范，压抑了感性动力，才产生了华夏文化的保守方面。如果不是这样，如果把理同楚文化的伟大代表老子和庄子所说的道（在本体论的意义上它是太一，是自然；在人本主义的意义上它是原始生命力、自然生命力）联系起来，统一地加以理解，那么理就成了一个动态的、开放的东西。《楚辞》中的"东皇太一"，也就是楚人对混沌的感性直观。东同沌，皇同黄，东皇即帝黄，帝黄即帝江，也就是在《山海经》中被称为"混沌无面目"的那个东西。太是原始，有玄、元义。一是太的具体化，实指宇宙本体。缘其无始无终、无内无外，所以也无形，是谓混沌。老子和庄子所说的那个无象无名，惟恍惟惚，莫知其门的东西，也就是这个混沌。在《楚辞》中它是感性直观的对象，在老庄哲学中它是思辨把握的对象，而对于北学诸家来说，特别是对儒家来说，这个对象是在视野之外的。"以理节情"（不等于"以礼节情"）的命题就成了一条深刻的美学原理（这一点笔者有另文探讨，见本书《中国艺术与中国哲学》）。所以问题的关键不在于这个或那个命题，而在于感性动力和理性结构的关系。二者的统一是开放性的，有利于艺术的发展；二者的分离是保守性的，不利于艺术的发展。先秦时期北方的情况属于后者，所以形成了中国诗史上的沉寂时期。

正当其时，不是"以理节情"，而是"发愤抒情"的楚辞的兴起，标志着诗歌时代的复活。这种在理性基础上的复活，在较低的层次上可以把它看作是巫文化与史文化相结合的结果，在更深的层次上应当说是保留在巫文化中的原始生命力——感性动力突破理性结构束缚的结果。研究屈原辞赋，不可忽略这种束缚和突破。

以儒学为代表的北方文化,在屈原的时代早已深深渗透到楚国。在楚人看来,当时的所谓学问,也就是"北方之学"。孟子曾经指出,当时楚国已有人"悦周公仲尼之道,北学于中国"。从《左传》中可以看到,这种情况早已不是个别,楚国君臣上下引用《诗经》作为外交辞令者早已很多。《史记》记载,荀子本人曾两次入楚,被楚人尊为"天下贤人"。他在楚国著书讲学,当然也受到楚文化的影响(北方文人中没有一个是作韵文的,只有荀子的赋和"成相辞"是韵文,显然是受了楚辞的影响),但主要还是带给楚文化以更大的影响。这从屈原本人的思想就可以看出来。

屈原作为楚国的名门贵族,"出则应对诸侯",以"博闻强记"著称,自然首先会受到这种外来的影响。他虽是南方人,老子和庄子的同乡,但其思想的主流却是北方的儒学。

他的许多言论,简直同孔子、孟子、荀子无异。他尊崇尧、舜、禹、汤、文、武之道,主张"依前圣而节中",想要"就重华而陈辞",他认为"孰非义而可用兮,孰非善而可服"。他把美与善混为一谈，而与恶相对峙，致力于"重仁袭义兮，谨厚以为本"。凡此种种，都是很正统的儒家思想。即使儒家内部由于侧重点不同而产生的分歧（或侧重仁、义，或侧重刑、法），在屈原的思想中也有反映。他一方面吸取了以孔、孟为代表的"泛爱众"和以民为本的人道主义精神，主张"民生各有所乐"，来同反对人道主义的封建专制主义相对立；另一方面又吸取了荀子"使百吏畏法循绳"以求"国常不乱"的法治思想，主张"明法度之嫌疑"，以使"国富强而法立"。他就是用这一套来要求楚怀王的。同时他也用这一套来抵抗和他同乡的两个伟大的哲人老子和庄子的影响，到底不曾高蹈风尘，与渔父同游，而始终保持着与现实环境的紧密联系，在企图力挽狂澜的同时，忧谗畏讥，竞于群小之中，求进不得而终于愤恚自沉。

为什么屈原要纠缠于这种斗争？为什么斗争失败以后还不肯离开？为什么他宁肯自沉汨罗，也不另谋高就，或者泛舟五湖？这些就是古今学者聚讼纷纭的问题。当代研究屈原的专家汤炳正先生指出："屈原被流放以后，为什么不肯远游他国，以谋有所建树？自从史迁提出这个问题以来，历代学者多论及之。或谓：屈原忠于君，而君臣之义，理不容去；或谓：屈原曾被信任，故感知遇之恩，情难决绝；或谓：屈原及同姓宗臣，宗臣无可去之道；或谓：楚有统一中国的雄厚基础，要有所建树，不必舍近求远；近人则多以爱国主义说之。事实上屈原之所以不肯远游他国，原因可能是相当复杂的。但是应当引起人们注意的，那就是屈原的强烈的民族感情。"（《屈赋新探》235—236页）这个说法，比简单的爱国主义说要正确和深刻。

民族情感，同对祖国的爱一样，是人的一种自然情感，它主要是一种感性动力。与之相反，忠君爱国的观念则是后来阶级社会的历史产物，它主要是一种理性结构。所谓民族，是在同一土地上由氏族到部落，再由部落到部族逐步发展起来的。在这个过程中，形成了特定的民族文化。而养育人民的文化与土地，也就是人民共同的祖国。后来，随着私有制和阶级的出现，由于阶级斗争的需要，在祖国的土地上，出现了许多奴隶主或封建领主的国家。通过互相征服和文化的互相渗透，部族同化为统一的民族，国家也兼并为统一的国家。"国家"概念于是同"民族"概念互相重叠和交叉，但仍然小于"民族"概念。

回归,还是出发?

"国家"概念同"祖国"概念的区别,那就更清楚了:一定的国家,是祖国发展一定阶段的产物。国家的兴亡表现为朝代的更替。而朝代的更替,又表现为祖国的进步或倒退。所以即使从政治上来说,对祖国的爱也只能表现于争取祖国进步和反对祖国倒退,而不表现于狭隘的忠君爱国思想。后者只有利于某一阶段、某一君主的维持,所以具有深刻的保守性。儒家提倡的所谓"臣子之义",可以适应一切君主的需要,所以被一切朝代奉为圭臬,具有更大的保守性,它同民族情感和对祖国的爱远不是同一回事。

有时候,例如在反抗外族侵略的时候,二者可以重叠。有时候,为了祖国的进步和民族的发展,必须反对倒行逆施的暴君或昏君。屈原对楚怀王的难分难舍,表现出他保守的一面,而他对楚怀王的尖锐批判又表现出他进步的一面。进步与保守的矛盾,也就是民族情感与国家观念的矛盾。归根结底,是一个感性与理性的矛盾。

华夏文化中与感性相异化的、古老的理性结构,是漫长的奴隶制时代的遗物。作为一种守旧的力量,它也打上了奴隶主义的烙印。"君要臣死,臣不得不死"的"臣子之义",千百年来往往是无须加以说明就被接受的。与之相反，民族情感和对祖国的热爱，作为一种感性动力，总是同英雄主义不可分割地联系在一起。楚人的民族情感特别强烈，所以楚人的英雄主义也特别强烈。史有"楚虽三户，亡秦必楚"的民谣，并且这个民谣后来应验了，这不是偶然的。

保守性和进步性、奴隶主义和英雄主义，这两种力量在屈原身上都有。所以屈原的表现十分矛盾，反映于作品也十分矛盾。历史上的文艺理论家们由于自身所受的精神束缚，往往喜欢就诗论诗，不大愿意触及问题的这个实质。不过有时候，也略为谈一点。刘勰《文心雕龙·辨骚篇》云："将核其论，必征言焉。故其陈尧、舜之耿介，称汤、武之祇敬，典诰之体也；讥桀、纣之猖披，伤羿、浇之颠陨，规讽之旨也；虬龙以喻君子，云霓以譬谗邪，比兴之义也；每一顾而掩涕，叹君门之九重，忠怨之辞也。观兹四事，同于风雅者也。至于托云龙，说迂怪，丰隆求宓妃，鸩鸟媒娀女，诡异之辞也；康回倾地，夷羿射日，木夫九首，土伯三目，谲怪之谈也；依彭咸之遗则，从子胥以自适，狷狭之志也；士女杂座，乱而不分，指以为乐，娱酒不废，沉湎日夜，举以为欢，荒淫之意也。摘此四事，异乎经典者也。""同于风雅"是褒;"异乎经典"是贬。一褒一贬之间不但可以看出屈原的矛盾二重性,也可以看出刘勰本人的思想倾向。"正声何微茫,哀怨起骚人",骚的美学理想,是以同正声相对立的姿态进入文坛的,所以带有一点异端的味道。使正统的文艺理论家如刘勰们不胜惶惑。

在政治、经济、文化三者互相牵制,发展缓慢又漫长的整个封建社会,屈原辞赋,作为一个孤独者的哀号,之所以能具有如此震撼人心、长远流传的力量,是因为它把被正声压抑在人们心理深层的许多沉睡的力量唤醒了。屈原之所以能写出这样的作品,是因为他本身集中地体现出矛盾着的两种力量的冲突。他有保守性,所以他老是向后看。他反复申明,他的理想是"前圣之所厚",是"前王之踵武",是"彭咸之遗则",是做一个"既遵道而得路"和"循绳墨而不颇"的保守派政治家。他有奴隶性,所以他对楚怀王难分难舍,感到离开了怀王就无家可归。为了"恐皇舆之败绩",他"忽奔走以先后",这是他的一个方面。另一方面,他又不甘心守旧,做不到守旧。对于怀王的有害于楚国的错误政治路线,他也觉得无法苟同。"宁溘死以流亡兮,余不忍为此态也。"所以他决心冒天下之大不韪,去探寻前进的新方向:"路漫漫其修远兮,吾将上下而求索!"表现出一种高瞻远瞩、猛志常在的英雄气概。那些遥远往古的历史积淀物,始终未能完全溶解在他沸腾着的楚人的血液中,而是凝结为颗粒不断下沉,成为一种冷却剂。于是寒流与热流交互作用,形成一股情感的旋涡,像狂飙一般的号叫,写来如火如锦,使人目眩心迷,而杳不知町畦所在——这就是《离骚》。《离骚》是矛盾的交响乐,它的整个结构,是力和阻力互相斗争所形成的动态结构。

所以读《离骚》,首先应当着眼于这两种互相矛盾的心理力的冲突,着眼于这种冲突所形成的进行性动态结构。而不要一心只想在其中分析出一个首尾一贯的思想脉络来。心理不等于思想,心理往往是无意识的和没有系统的。艺术作为情感的表现,也就是心理力活动的轨迹,它是不可以用思想分析的方法来说明的(从概念出发的作品可以加以思想分析,但那不是艺术)。从思想分析的角度来看,《离骚》有许多重复之处:开头是表白自己的"内美"与"修能",然后控诉党人和楚王的卑劣和昏庸,紧接着又以香草自喻而谴责众人的贪婪;接下去又是表白心迹和指控众人的嫉妒与楚王的荒诞；而后是再次表白，遁入幻想，而在幻想中又杂入许多现实，包括表白心迹和对众与王的谴责。整个诗篇结构（思想结构）松散而又跌宕很大，细节处文气不连贯、语意不合逻辑者亦时或一见。如怒斥怀王，而又"夫唯灵修之故"；绝意于楚，而又恋恋不舍；既已"莫吾知其亦已兮"，而又"岂余心之可惩"；时势了然，而又"心犹豫而狐疑"，而又"欲从灵氛之吉占"；明明是乘天马以行空，却又发出"世溷浊而不分"的悲叹；明明是求有娀之佚女，却又发出"哲王不悟"的怨言。凡此种种，纷如乱丝，颠倒跳跃，不可究诘，难以得到一个公认一致的评价。班固批评屈原"露才扬己"，颜之推则怪他"显暴君过"，连刘勰也觉得他未免"狷狭"，近世甚至还有诬说他是弄臣，怀疑他是楚怀王的男宠（同性恋者）的。这些批评，也同对他的许多赞扬一样，都是企图用一个单一的标准来衡量他。单一的标准不能把握进行性的动态结构，所以强为之解，难免偏颇。

屈原本人意识到矛盾的存在："鸷鸟之不群兮，自前世而固然！何方圜之能周兮，夫孰异道而相安？"这是外在的矛盾，但也反映出诗人内心的矛盾。他想要从矛盾中解脱出来，"不抚壮而弃秽兮，何不改乎此度"，并且带着楚怀王也从谬误走向正路，"乘骐骥以驰骋兮，来吾导夫先路"。但是楚怀王不买他的账，他又不愿意离开怀王，所以终于还是陷在矛盾之中："余固知謇謇之为患兮，忍而不能舍也！指九天以为正兮，夫唯灵修之故也！"灵修，一释为楚怀王，一释为思想道德修养，俱可通。后者不过是对前者统治权的认可与忠诚而已。"夫唯灵修之故"一语，直接说明了理性结构的束缚是他"足将进而趑趄"（这是韩愈的话，这里是借用）的原因。诗中模糊地感觉到这是一种迷惑，想要消除这种迷惑，而复归于他的真实的自我："悔相道之不察兮，延伫乎吾将返！回朕车以复路兮，及行迷之未远！"但是束缚和迷惑的力量太强大了，不管诗人如何挣扎奋斗，还是克服不了："陟升皇之赫戏兮，忽临睨夫旧乡。仆夫悲余马怀兮！蜷局顾而不行。"最后还是回到了出发的地方。就像一曲雄伟壮丽的交响乐，不平之鸣，全在于风与水之相激，此外全无计较，最后以回到基调而终曲。

　　理性结构对于感性动力的束缚和挣脱束缚的斗争，始终是《离骚》创作的心理动力。"屈心而抑志兮，忍尤而攘垢！"所谓"屈心抑志"，也就是自己反对自己，自己压抑自己。心和志固然是自己，进行屈和抑的也是自己。诗人好像分裂为两个人。一个是他自己，另一个也是他自己。一个要前进，一个要倒退。终于既不能进也不能退，留下了一个两种力量互相斗争所形成的力结构——《离骚》。《离骚》作为这样的力结构，所以它有一个迂回反复，欲左先右，欲下先上，无伸不缩，无往不复的动态形式。

　　这个形式并不是屈原有意识创造的。它是华夏文化和楚文化相结合的产物，是历史地积淀而成的并与感性动力异化了的理性结构，同植根于无意识深处的原始生命力——感性动力相结合的产物。它是意识和无意识的统一。感性生命力被压抑被束缚的苦闷，在无意识的深处涌现出来的原始意象，以及古老的神话传说所引起的艺术幻觉，这一切汇集起来成为一股巨大的心理动力，不但帮助屈原"找到了"这么一种形式，而且在这形式中注入了那么多的纷红骇绿和万怪惶惑。不仅如此，这个动力还迫使屈原选择了特定的、对自己不利的行为和生活方式——"高余冠之岌岌兮，长余佩之陆离""簪菉葹以盈室兮，判独离而不服"，这是为他的创作所做的必要的准备。他生活上的挫折和痛苦，正是他创作上取得成功的条件。就像一株树，因为长在悬崖上，为要从石罅里夺取营养、从阴影里夺取阳光，为要在狂风暴雨的摇撼下牢牢地抓住石壁，弯弯曲曲地形成了一种力与阻力相斗争的格局：铁石一般的盘根错节，虬龙一般的横空出世，比许多没有阻力笔直生长的树木更美。"新蒲新柳三年大，便与儿孙作屋梁"，反而有一种荏弱之感。若问那株悬崖上的树的形式是谁造成的，那就应当说是树木本身的生命力、悬崖的压力和狂风暴雨的摧残共同造成的。震古烁今的屈原辞赋，正是这样。陆游说得好："天恐文人未尽才，常教零落在蒿莱。不为千载离骚计，屈子何由泽畔来？"

如所周知，诗是"穷而愈工"。之所以然，就在于诗是感性动力——情感的一种表现性形式，它只有通过阻力的媒介才能实现。阻力是力量表现的媒介，并且作为媒介物而构成力量本身。这是诗的要素和结构的统一。在不同的社会历史条件下，力和阻力的内容和形式会有所不同，但它们交互作用所以构成诗的机制，则是一样的。瑞恰兹（I.A.Richards）在他的《文学批评原理》中，把诗歌分为两类：一种是表现单纯情感的（例如儿歌、战歌）；一种是表现复杂情感的（例如现代派诗歌）。这同鲍桑葵把美分为平易的美和艰难的美两类，观点是相通的。我们在这里所说的"只有通过阻力的媒介才能实现"的情感的表现性形式，包括所有这两类诗在内。《离骚》固然是最典型的例子，后来的许多所谓"闲适诗"也不例外。没有对于宫廷市朝紧张生活的体验，就不会有对于山野田家闲适生活的向往，在闲适的背后，有着紧张的心理。因为厌倦于"城中十万户"，才爱上"此地两三家"；因为厌倦于"长安拜免几公卿"，才爱上"红树青山只如昨""落花人独立，微雨燕双飞"。此中消息，细心人自能体会。

所以不仅诗人的命运，而且诗人的思想、性格与人格，他们内心深处感性与理性的力量强度与交互关系，都是他们的诗不可缺少的部分。这里面不仅有个人的东西，也有历史和社会的东西。深层历史学转化为深层心理学，才是他们灵感的真正源泉，才是他们创作激情的真正源泉。他们所遭遇的不幸与挫折，固然是违背他们意志的，但同时也是他们自由选择的结果。屈原如果甘当奴才，就可以飞黄腾达，就不会有矛盾和痛苦，而没有矛盾和痛苦，他就不会有《离骚》。外在的生活遭遇固然十分重要，但对于艺术创作来说，它不是唯一的，也不是主要的因素。主要的是心理动力，是由矛盾冲突着的心理动力综合起来的诸种因素的统一。

从诗"穷而愈工"的说法，不应引申出生活上的失败是艺术上取得成功的条件这样一种观念。曹操是胜利者，辛稼轩富贵寿考，陶渊明真正找到了自己的归宿，但他们仍然是伟大的诗人。曹操的诗并不是胜利的凯歌，在那"东临碣石"式的慷慨激烈之中，有一种地老天荒无人识的大寂寞与大悲哀，这是他一切作品的基调。辛稼轩呢，"平生塞北江南，归来华发苍颜，布被秋宵梦觉，眼前万里江山"，也是心事浩茫连广宇啊！所以他"目断秋霄落雁，醉来时响空弦"。空弦哀音，传达出来的仍然是无边的愁绪。陶渊明从来是一个有争议的人物。他是作为一个愤世嫉俗、为社会所不容的孤独者，作为一个在异化现实中自觉地追求自由解放和自我实现的人而成为伟大诗人的。所以他的平淡闲适背后，自有他的激愤和不平在。"渊明诗喜说荆轲，想见停云发浩歌。吟到恩仇心事涌，江湖侠骨恐无多。""渊明酷似卧龙豪，万古浔阳松菊高。莫信诗人竟平淡，二分梁甫一分骚。"龚自珍的这两首诗，是抓住了问题的实质的。正是"梁甫"和"骚"这两种倾向的矛盾冲突，才相反相成地构成了陶渊明所体验到的和所传达出来的平淡与闲适。西方也是这样，批评拜伦不知足的歌德，其最为传世的作品，恰恰就是永不满足的《浮士德》。这不是偶然的。

从表面上来看，是苦难毁灭了李煜的生活，才造就了他千古流传的诗篇。是苦难毁灭了陀思妥耶夫斯基的生活，才造就了他使全世界为之震动的小说。是苦难毁灭了贝多芬的生活，才造就了他雷霆万钧的交响乐。但实际上，从另一方面来看，也是他们那无法随遇而安的思想性格使他们选择了苦难。他们不得不做出这种选择，仿佛有一种看不见的力量，使他们不顾自己的健康和幸福，而呕心沥血，百折不挠，去追求伟大的创造。仿佛他们不是在游泳，而是被某种看不见的潮流，无情地带着走。屈原的情况，正是这样。假如屈原不是屈原，他就会"与世推移"，"淈其泥而扬其波"，把他的才华使用在另一个方面。那就不论他取得多大的成就，充其量不过是一个显赫的重臣。即使有兴趣写一点儿诗，充其量也不过是宋玉式的摇落悲秋，不会有那么磅礴的气势和雄伟的力量。正因为屈原不是那样的人，所以他（尽管是无意识地）把自己的生命，注入了祖国的和人类的生命，通过个人的牺牲，为祖国和人类做出了不朽的贡献。

"鸷鸟之不群兮，自前世而固然！"

（首发于1986年第1期《文艺研究》。收入本书时，文字有修订。）

愿将忧国泪，来演丽人行
——一篇小说的读后感

兰州—成都途中，看了一篇得奖小说，是宣传爱国主义的，引起了一点儿感想。

小说的题目，叫《雪落黄河静无声》，写两个"右派"在劳改过程中恋爱的悲剧。女的叫陶莹莹，男的叫范汉儒，前者被划为右派后，因越境潜逃被投入监狱；后者被划为右派后，没有越境潜逃被投入劳动教养。"大墙"之内接触，互相产生了爱情。虽然朝思暮想，却无法单独相见。后来两人都被释放了，并被安置在同一个地方，有可能结合而没有结合，反而突然分开了。原因呢，不是偶然的误会，也不是不可抗拒的外力的阻挠，而是男方的"爱国主义"。当范汉儒，这个中国知识分子的模范（这想必是他名字的含义），得知陶莹莹在被划为右派后曾企图越境潜逃时，就坚决赶走了她。

他追问她为什么被劳改，她说如果是杀人罪呢？他说只要改了，可以不计较。如果是流氓罪呢？只要改了，可以不计较。如果是盗窃罪呢？只要改了，也可以不计较。

"'如果我……我'，她目光悲凉地盯着我，'……我是……曾经有罪于祖国的人呢？'她捂起了脸，埋起了头，似乎是在等待命运的宣判。"

"'只要不是叛国犯，我都能谅解。'我脱口而出，'别的错误都能犯了再改，唯独对于祖国，它对于我们至高无上，我们对它不能有一次不忠……'"

这个被称为"六点钟"（一条直线）的典范人物是这样想的：企图越境，不管在什么条件下，由于什么原因，一概等于叛国。这是不能改的，改了也是不算数的，所以一次也就等于永远，万劫不复。

"屈原受了那么大的冤枉，并没有离开生养他的祖国土地呀！最后，还是跳进了汨罗江，被称为千古忠魂！陶莹莹尽管1957年受了委屈，怎么能离开生养她的母亲，养育她的大地呢？这个楔子打在我们中间，我和她怎么能够继续下去呢？"

"我认为无论男人、女人都有贞操，一个炎黄儿女的最大贞操，莫过于对民族、对国家的忠诚。"

"你、我、她都应当无愧于我们光荣的祖先。"

当祖国、民族、国家、炎黄儿女和光荣的祖先等这些含义不同的概念被搅在一起，一股脑儿塞给我们的时候，我简直是被弄糊涂了。特别是在小说所引用屈原的例子中，不但把这些不同的概念混为一谈，而且把"祖国"这一概念同特定时期特定的政治路线的概念混为一谈了。我们先来看看这个问题。

先秦时期相对独立的各诸侯国，都是中国天下的一部分，领域变动不居，并不存在什么国籍问题，当然也谈不上什么国家观念。"家齐而后国治，国治而后天下平。"（《大学》）"天下之本在国，国之本在家。"（《孟子》）天子治天下，诸侯治国，卿大夫则治家（采邑），三者互相从属。有识之士，往往哪里能"行其道"，就到哪里去。道不行，可以"乘桴于海"，可以"居九夷"。所以"虽楚有材，晋实用之"（《左传》）。春秋时候就是这样了。到战国，各家朝秦暮楚，更是习以为常。小说中提到的"重耳走国"，即其一例。当时连儒家的孔丘、孟轲、荀卿，也都奔走道路，不以"去父母之邦"为非，何况屈原。屈原是楚怀王的近臣，"竭智尽忠以事其君"，"岂余身之惮殃兮，恐皇舆之败绩"。不料"忠而被谤，信而见疑"，愤而自杀，表现出一种"死谏"的愚忠。"文死谏，武死战"，"箕子为之奴，比干谏而死"，这样对于某一昏君的愚忠，同我们今天对祖国的爱，毫无共同之处。

楚怀王所代表的，并不是楚国，而是一个有害于楚国的政权。把怀王和楚国混为一谈，从逻辑上来说是混淆了祖国与国家政权这两个不同的概念；从实际上来说，则无疑是拉了祖国来做执政者罪恶的替罪羊。这岂不反而委屈祖国，成了不爱祖国了吗？

国家政权和执政者有好有坏，不论好坏都是暂时的，但祖国永远存在。"一国亡来一国亡，六朝兴废太匆忙。"政权的更迭也许倒反而是祖国进步的必由之路。怎么能把祖国和政权混为一谈？

祖国是一种实体，不是一种观念。爱是一种情感，不是一种义务。作为实体，祖国不等于国家政权，而是包括土地（所谓山河）、文化（历史传统）、人民（所谓父老）和个人经验（如儿时忆象）的总体。

实际上,祖国就是故乡。它不仅是地理概念,也是价值体系,一个地区性文化的摇篮。我们自身,我们的生活方式(包括风俗习惯)、思想方式和感受方式,我们的知识结构和认识结构,我们的亲朋交往关系,我们的幸福与苦难,回忆、梦想与憧憬,我们的价值观念以及与这个观念相对应的我们精神生活和物质生活的一切价值,都无不是这个摇篮的产物。所以这个摇篮——我们的祖国,既是构成我们自身的东西,也是我们安身立命的根基,我们的寄托和依傍。离开了它,我们就不会有幸福,我们就会感到空虚、孤独、生活没有意义。记得我母亲去世的时候,我感到我生活里和心灵中的许多东西都死了。祖国,也像母亲,意味着我们精神和物质生活的一切基本价值。所以我们都本能地依恋她。而这种依恋,也就是爱。

我们每个人的生活,都是祖国存在的元素。人民的欢乐和苦难,也就是祖国的欢乐和苦难。那些使人民受苦受难的东西,也就是使祖国受苦受难的东西。如果不是在某个风雨飘摇的黄昏,有可能接到一封苍白的家书,或者在某个尘土弥漫的街口,有可能遇到一个乞食的儿童向我伸出枯瘦肮脏的小手,我简直意识不到祖国的存在。我们对祖国解放的渴望,是同我们对自己、对亲人、对广大人民幸福的憧憬联系在一起的。而这种渴望，也就是爱。

爱是一种情感，不是一种主义。是生长出来的，不是灌输进去的。没有强烈而持久的切身感受，不会有深刻而执着的情感。不论是爱的情感、恨的情感，还是其他什么情感。情感总是自发的，无待于榜样的启示，或者理论的开导。唯其无待，所以真实。唯其无待，所以深刻。如果千百年前或者几万里外的某件事情有可能使我们激动起来，那只能是因为它同我们的幸福与痛苦有某种联系。爱必有对象，必有具体理由。如果对象模糊，理由抽象，爱就不是真爱。在大声疾呼的主义宣言背后，我们所看到的，只能是一种矫揉造作的、虚假的情感——没有情感。

爱的能力，属于生命力的部分，何用大声疾呼？莱蒙托夫的短诗《祖国》，只写了一些刹那间生活的细节：草原上过夜的车马，带有浮雕窗板的农家小屋，节日里深更半夜的舞蹈，以及草的绿网轻轻地掩盖着的沉睡的池塘……正是在这些中间，我们切实地感受到了他对他的祖国的厚重而又深沉的爱。艾青一些早期的诗歌，像《北方》《手推车》《雪落在中国的土地上》，也是这样，以它情感的真挚，使我们深深感动。那些偶然的细节，作为情感的表现性形式，获得了一种浩大而又深沉的内涵——那不是黄昏的炊烟，那不是原野上的小路，那是我们的民族魂。

"民族魂""国魂"等这些多少带有文化、心理内涵的价值词，很难严格地加以界定，所以有一种模糊性和广阔性。但无论如何，它绝不会是某种外在于我们和驾驭我们的神祇，我们不是遵循它，而是生产它。唯其如此，它才是活生生的，无处不在的。

《饮冰室集》中有一首诗："诗界千年靡靡风，兵魂销尽国魂空。集中十九从军乐，亘古男儿一放翁。"在这首诗中"国魂"又表现为英雄主义。但是爱国，并不是英雄的专利，也可以发而为"靡靡之音"："独自莫凭栏，无限关山，别时容易见时难。""罗衾不耐五更寒，梦里不知身是客，一晌贪欢。"在这种哭泣的调子里，表现出来的对祖国的爱，其深沉、炽热、诚挚的程度，丝毫也不亚于"亘古男儿一放翁"。

不论表现为什么，它都是我们自身的感性精神。把它说成是驾驭我们的外在神祇或"忠""孝""节""烈"（在这篇小说中叫作"贞操"）一类的行为规范，把事情安排成由于"爱国主义"，劳改中的主角不得不抛弃自己唯一的亲人,他相信"亲爱的祖国"终有一天会召唤回自己——它错怪了的儿女,但却要夺去这亲人受到"召唤"的可能,这现行的主题,不是太过于自私,太过于横蛮,也太过于残酷了吗?

迫害者可以受到原谅,被迫害者的逃跑却是不可原谅的。迫害者判她坐牢,我们的作家则判决剥夺她爱和被爱的权利。相比之下,迫害者的判决反而显得温和了。我们的作家的判决书,犹如但丁所看到的地狱之门上的题词:"你进来的人们,放弃一切希望吧。"设想一下出狱后的陶莹莹的命运,我们不能不深深地感到困惑:为什么我们的作家——这些本应是最富于同情心和理解力的人,怎么竟然会变得如此残酷了呢?!

这不是为陶莹莹辩护。事实上,根本不存在什么"范汉儒的态度是否正确"或"对陶莹莹应该同情还是厌恶"之类的问题。问题的这种提法本身,就是作者从之而出发的但却又含糊不清的概念的产物。如果忠于生活、忠于自己的感受,或者如果这个概念是正确的和清晰的,那就不但不会有这类问题,而且也根本不会有范汉儒或者陶莹莹这样虚假的形象。但是我现在关心的不是文学中的某些虚假形象,而是这些虚假形象表现出来的一种真实倾向:把祖国概念同国家政权混为一谈,为极"左"路线粉饰和辩护。

"母亲打儿子,即使打错了,也还是要爱她。"偷换概念的结果,连许多能够独立思考的人都受骗了。诗人白桦问道:"我爱祖国,但是祖国爱我吗?"问得好!但是,原谅我直说,他在这里仍然是把"祖国"的概念同国家政权的概念混为一谈了。我要问,你知道是谁打了你吗?

在《论大俄罗斯人的民族自豪感》一文中,列宁写道:"献身于革命事业的大俄罗斯民主主义者车尔尼雪夫斯基在半个世纪以前说过:'可怜的民族,奴隶的民族,上上下下都是奴隶。'大俄罗斯人中公开的和不公开的奴隶(沙皇君主制度的奴隶)是不喜欢想起这些话的。然而我们认为这是真正热爱祖国的话,是感叹大俄罗斯人民群众缺乏革命性而倾吐出来的热爱祖国的话。"

在这一点上,列宁是正确的。车尔尼雪夫斯基作为俄国人,他热爱俄国。所以他越是希望俄国强大,也就越是坚决地同妨碍俄国强大的东西做斗争。爱之至深,则不觉言之至切。由其言之至切,亦可见其爱之至深。这样的人越是众多，一个民族也就越是伟大和不可征服。

与之相反，奴隶主义必然和爱国主义相背驰。奴隶没有祖国（马克思说：工人没有祖国。他指的是垄断资本压榨下的工人，他们形同奴隶）。我们的祖国、我们的人民，不需要任何奴隶主义，只有极"左"路线才需要奴隶主义。在上引同一文章中，列宁又指出："我们满怀着民族自豪感，正因为这样，我们特别痛恨自己奴隶般的过去……和奴隶般的现在。……一个人绝不因为自己生下来就是奴隶而有任何罪过；但是，如果身为奴隶，不但不去追求自己的自由，还为自己的奴隶地位而辩护和粉饰……那就是理应受到憎恨、鄙视和厌弃的下贱奴才了。"

所以我说，我们的文学家、艺术家，如果一定要参加"爱国主义教育运动"的话，那么第一步首先是反对奴隶主义。

"愿将忧国泪，来演丽人行！"

（首发于1985年第5期《读书》，同期《新华文摘》全文转载。收入本书时，文字有修订。）

《绿化树》印象

近年出现的所谓"大墙文学",都是以犯人的身份,写监狱里的事情。或犯人们为纪念周总理,血染大墙;或反省己过,庆幸自己被改造成新人;或把监狱里的人际斗争,纳入"两条路线的斗争的继续"这一公式;或对"平反"感激涕零,说母亲打儿子,是对儿子好,即使打错了,也还是要爱母亲……

每听到"打得好"的呼声,出自被打者的口中,我总是感到很不舒服。读《绿化树》,这种感觉更甚,好久都没有消散。在装饰武器的鲜花之中,这算是开得最撒娇的一朵了吧?得奖、畅销,不是偶然。

有些细节写得很好。那荒原上的大路,那夕阳下的村落,那单调生活里的小小的悲欢,写来都历历

《绿化树》印象

在目,并且笼罩着一种诗意的忧郁。但是这些细节之间,缺乏有机联系,通篇没有一个整体结构。是那种没有结构的风格吗?也不是。它另有一个与情节无关的意识形态结构,属于刚才提到的一类。所不同的是,如果你只注意它的细节,不注意它的整体的话,你将以为它是真实的。

大墙文学是现实主义文学,要求符合真实。包括主观的真实(说真话)和客观的真实(写真实)。没有前者的后者,不仅算不得现实主义文学,而且是非文学。一件文学作品像一棵树,一个生气贯注的、活的有机整体。树上的任何一片叶子、一段细枝,离开了树都会死亡。局部的形式及其意义只有在与整体的联系中才能获得。一件非文学的"文学"作品,就像是一棵塑料树,它的部分与部分之间,没有内在联系。

小说是模仿艾特玛托夫的《查密里雅》。(正如同一作者的另一个中篇《肖尔布拉克》模仿艾特玛托夫的《戴红头巾的小白桦》。)这种模仿,恰如塑料树模仿真树。在《查密里雅》中,赶车人也在荒原上唱着歌,歌声也是那么忧伤,那么粗犷而又奔放。那歌声使他得到了一个女人的爱,引起一连串的矛盾冲突，都是在歌声的基调上展开，带着忧郁和生活的芬芳。没有那歌，也就没有那小说了。而在《绿化树》中，赶车人的歌和其他许多细节，都是可有可无的，像是粘贴上去的饰物。由这样的局部组成的整体就像塑料树的整体：它有根、有干、有花、有枝叶，就是没生命。

正如人们根据树的概念制造了塑料树，人们也根据现实的概念制造了虚假的现实。从概念出发，主题先行，"给思想以血肉"，这曾经是我们文艺制作的基本方法。由于思想概念本身的问题，这种方法常常歪曲现实。要了解这样的作品，首先要弄清楚它所依据的思想、概念是什么。这个，我们无须推测。《绿化树》在作者题记中交代得一清二楚：

> "在清水里泡三次，在血水里浴三次，在碱水里煮三次。"阿·托尔斯泰在《苦难的历程》第二部《一九一八年》的题记中曾用这样的话，形象地说明旧知识分子思想改造的艰巨性。当然，他指的是从沙俄时代过来的资产阶级知识分子。
>
> 然而，这话对于曾经生吞活剥地接受过封建文化和资产阶级文化的我和我的同辈人来说，

《绿化树》印象

> 应该承认也是有启迪的。于是,我萌生出一个念头,我要写一部书。这"一部书"将描写一个出身于资产阶级家庭,甚至曾经有过朦胧的资产阶级人道主义和民主主义思想的青年,经过"苦难的历程"最终变成了一个马克思主义的信仰者。

这段话不仅说明了概念的含义(苦难历程的积极意义),也说明了小说不是写一个人的遭遇,而是通过一个人("我")写整整一代知识分子——"我和我的同辈人"。它对这一代知识分子的整体估计是:"生吞活剥地接受过封建文化和资产阶级文化","有过朦胧的资产阶级人道主义和民主主义思想"。因此他们到农村去接受贫下中农的再教育,脱胎换骨重新做人,是必要的和有效的。这些老掉了牙、我们听得耳朵都起了茧的假话,并不是小说的潜台词,而是直接而明白地说出来的。

在持久的大饥饿中盘算着多吃一点稀饭,竟自认为是"堕落"与"腐烂";在孤苦无告的境遇中由于受到一个年轻妇女的关怀抚慰而产生了爱和被爱的愿望,竟自认为是"卑鄙"和"邪恶"。并且这一切都被追溯到非无产阶级的思想根源:"当我意识到我虽然没有资产,血液中却已经溶入资产阶级的种种习性时,我大吃一惊。""就像酒精中毒者和梅毒病患者的后代,他要为他前辈人的罪过备受磨难。"并且认识到这一点以后,立即也就"认识到五七年对自己的批判是正确的":"我虽然不自觉,但确实是个'资产阶级右派分子',其所以不自觉,正是因为这是先天就决定了的。"在达到思想觉悟的这一高度以后,"我"终于明白,自己的苦难是"罪有应得",通过认识错误改造自己,"坚定不移地信仰马克思主义",才踏上"通向天堂"的道路。

一个人是否有可能这样思想,是另类问题。就算是有吧,追随这些"思想"的足迹,整体地来看,你就会发现,那个由许多美丽的彩色玻璃镶嵌出来的画面,和历史的景观完全两样。我们都有过自打耳光以求生存的经验,很愿意相信是这种经验形成了小说的深层结构。我们曾看到许多被扭曲的心灵真诚地做了荒谬的忏悔,很愿意相信小说是对于这种忏悔的忏悔。我们都知道在纳粹的集中营里关久了,有些人也会模仿纳粹言行,很愿意相信作者是以之为鉴,诊断国人的心理综合征。但是所有这些愿望,全都被文本驳回：那描写自己如何"由不正常恢复成为正常"的大量章节，证明这个中篇不是变形记，不是说反话，也不是客观地描写当时的真实。而事实是：80年代的作者，并未介入。

也许有人会说，小说中对饥饿贫苦的描写，不也是对极"左"路线的控诉吗？我说不。饥饿贫苦，以及无数人为饥寒所迫不得不从事的单调繁重而又效力低微的体力劳动，在小说中不是人祸，而是可以使知识分子脱胎换骨重新做人、从"十七层地狱""通向天堂"的"清水"、"血水"和"碱水"。小说中的这些祸水都酿成了陈年老酒，把浓厚的血腥稀释为淡淡的脂痕，让阴冷的大墙一片朦胧。人们在诗意的微醺中像动物一样只知道适应这外在的现实，根本想不到要改变它。

在小说中，改造是单向的，是一些人改造另一些人。在一个人类活动的领域已经扩大到宇宙太空和深海海床的世界上，在一个科学、文化和工业技术如此发达，信息和知识如此爆炸性发展的进程中，被改造的人们必须学会"用耐力和刻苦精神"去适应一个连电灯都没有、连日子都要托人捎带的闭塞山村，学会从在狭小贫瘠的土地上为满足最基本的生理需要而从事的劳动中感到满足，把屈辱与痛苦当作欢乐来承担；而不对这种闭塞落后的状况如何出现和如何改变提出疑问，就算是改造好了，就算是"超越自己"，赶上了"狂飙般的历史进程"。这种价值观的颠倒，岂是"创作过程的无意识"和"创作方法和世界观的矛盾"之类可以解释得了的？

伟大的毅力，只为伟大的目标而产生。荒原人自发的"耐力和刻苦精神"，充其量只不过是对于更大努力（抵抗）和更大苦难（镇压）的本能回避而已。表示"我"是自觉的，已很虚伪，何况还要大事歌颂，把它说成是"对党和国家的支持"，是"遍布祖国各地的"所谓"绿化树"！？

"支持"二字，倒很真实。试想"文革"时期，如果没有无数饿着肚子的人们起来"以无比的愤怒"揭发和批判那些敢于说自己饿着肚子的人，局面还能撑得下去吗？

我这样说，不是要求小说的主角在当时把头往墙上碰；也不是说我喜欢那种把知识分子都写成"文革"抵抗者的另一种公式。主角是个什么样的人无关紧要。作家有权写任何一种人，英雄、奴才、傻子、骗子、凶手、告密者都可以写。问题是，是不是在说真话,是不是写了真实。如果不是,为什么要写?

不用追问,小说的结尾就是答案:一踏上"人民大会堂的红地毯","我"就激动得流出了感激的眼泪!

"马首渐入长安市,报与时人仔细看!"

(首发于1985年《当代文学评论》第5期,《青年作家》第9期,同期《文学评论选刊》全文转载。收入本书时,文字有修订。)

"看客"的文学

一次,我在车站排队买票,队伍很长。有些人不排队直接到窗口挤,所以队伍移动极慢。终于轮到我时,一个彪形大汉斜刺里冲过来把我猛挤到一边。刚一抗议,他就对我拳脚交加;原来他后面还有一个同伙,二人如猛虎扑羊,使我不胜惊讶。我一面左遮右挡,一面回过头去,想寻找一些道义支持。因为那么多人排队,全过程都看到了,而且这也与他们自己的利益有关。但我望见的,是一连串冷漠的面孔。打到大厅中央,围观者如山,竟没有一个人出来说一句话。幸而我从小喜欢体育,有一点自卫能力。否则的话,可真是求告无门了。

这是一次难忘的遭遇。那一连串冷漠的面孔,至今回想起来,依然觉得不可思议。人们对周围发生的一切漠不关心:在公共场所数百人围观被害者与流氓搏斗,直至衣服被剥光,直至当众被杀身亡,而无一人出来救助的情况,仅见诸报端的就不止一件两件。最近西安发生类似事件,围观者达四五百人,连一声呐喊声援都没有。这种惊心动魄的事情,在我们的社会里已是司空见惯,不足挂齿。前几年报纸上还屡有报道,现在见怪不怪,连报道都不报道了。

今年5月30日《成都晚报》上,有一题为《对被扒者和旁观者的心理透视》的文章,作者采访了许多人,其中一些人连事后出来做证都不敢。文章写道:"遗憾的是我还没有访到勇斗扒手的英雄。"它分析旁观者的心理,第一是自私,第二是害怕,第三是认为干预无效。这三条,与鲁迅在《药》中所描写的沉重的麻木互相补充,大抵是对于"看客"态度的恰当说明。"扒手"何物?巧取者而已。对巧取者尚且如此,对豪夺者又当如何?你说是人心不齐吧,在这一点上,却又是齐的了。

这种心态的齐一,大概也就是所谓国民性的表现吧?据说匈牙利人和波兰人一星期吃不上两次肉就要"有意见",我们中国人则连饿三年还自称幸福。

谁敢说饿，还要群起而攻之。这种巨大的差异，好像只能用国民性来解释。假如有一天匈牙利人和波兰人站起来了，而中国人还趴在地上，我将感到丝毫也不奇怪。

另一方面，要说冷漠是我们的国民性，又好像并不确切。当"看客"们对敢于表示不满的人揭发批判、群起而攻之的时候，是并不冷漠的。岂但并不，而且"肺都要气炸了"！这差异，也是巨大的。

但是异中又有同。同就同在他们所采取的态度，不论是冷眼旁观还是群起而攻，都总是对弱者不利，而对强者有利。他们总是本能地、下意识地站在强者一边，从而使作为一个普通老百姓也是弱者的他们自己，处境更加不利。但因为是本能的、下意识的表现，所以他们也说不出什么道理来。"看客"们只是看，并不说自己如何看得对，如何只应旁观不应介入。这些，他们想都没有想过。

可他们没说没想的，有些文学家、美学家却想了说了。后者除了冷漠地"超脱"着以外，还有一套为冷漠和"超脱"辩护的理论：主张"为文学而文学""为艺术而艺术""为学术而学术"；反对干预生活，要求同现实"保持距离"；提倡"非现实化""非社会化""非历史化"等等的"文艺美学"理论,以及在"纯学术"和"高层次"的招牌下制造出来的庞大复杂、体系完整而又与现实生活无关、无助于我们改造世界和推动历史前进的所谓"美学的现代形态"。所有这些,恰好是为"看客"们的冷漠态度提供了合适的理论根据。提倡这些观点的人,正好当了"看客"的代言人。也许这不是这些作家和理论家们的本意,因为他们对于"下里巴人",秉持着一种精神贵族的高傲态度,不屑与之为伍。本来是追求高超,结果却落入污泥。正好应了《桃花扇》上评论知识分子的一句话:"清流漫向浊流抛。"在浊流中你已经分不清他们的面孔,和街上的看客有什么不同。

为了同这种观点商榷,前些时我写了几篇文章,强调文学与现实的联系,强调文学评论的社会学角度。有的批评家说我这是反对创新,反对文学艺术的多样性、多元化,说我的这种态度同我一贯强调美的主观性的观点相矛盾。所有这些指责都没有事实根据。我过去的文章都可证明,我历来要求创新,要求文学艺术的变化、差异和多样性。但是提倡变化、差异和多样性,是为了更充分地发挥文学艺术推动历史前进的固有功能，而不是为了阉割它。事实上"看客精神"，以及作为这种精神的表现的看客的文学，其表面上的多样性只不过掩盖了它单一的冷漠和麻木罢了。这种单一性来自内在的空虚（无爱是内在的空虚，无所可爱是外在的空虚）。从空虚中是不能产生真正的变化、差异和多样性的。主观如果不能揳入客观，在改造世界的战斗中丰富和发展自己，则主观自身也将枯萎，还谈什么创新？谈什么多样性和多元化？

"看客文学"及与之相应的美学理论，本身并不新。不但不新，而且相当古老："穷则独善其身""高蹈风尘外，长揖谢夷齐"之类的中国传统思想是不必说了。"看客文学"作品的作者们大多崇尚西方现代派，而宣称"反传统"，但是在西方，那种态度和理论也是"古已有之"。早在前苏格拉底时期，伯奈特就说过："在现世生活里有三种人，正像到奥林匹克运动会上来的也有三种人。那些来做买卖的人都属于最低的一等，比他们高一等的是那些来竞赛的人。然而，最高的一种乃是那些只是来观看的人们，因此，一切中最伟大的净化便是无所为而为的科学。"这是对毕达哥拉斯伦理学的阐释，现在早已经过时了。正如伯特兰·罗素所说，近代价值观念正好相反："譬如在一场足球赛里，有近代头脑的人总认为足球员要比观众伟大得多。至于国家，情形也类似：他们对于政治家（政治家是比赛中的竞争者）的崇拜有甚于对于那些仅仅是旁观者的人们。这一价值的变化与社会制度的改变有关。"

作为西方的思想家，罗素说出了他们那个社会的事实。在我们这里，问题还不仅仅是一个价值观念的问题。假如球员们所踢的不是足球而是观众的权利、需要、情感和意志，那就不会有观众，"看客"们的观众身份就没有根据。因为所谓观众，事实上只是参与比赛的一方。当比赛的胜负取决于参与者人数的多寡时，那些观众中的旁观者就无论从什么价值观念来看，都是"最低一等"的了。

特别是在一个几千年帝制古国的大一统局面下，并没有一个安全的看台或旁观席等待他们去逃脱。中国作家，作为一个知识分子，作为普通老百姓的一员，生活在社会的下层，体验着种种困苦，与人民群众同呼吸共命运。在当前这样一个国步维艰、民族灾难深重的时代，本应当呐喊出自己的愤怒和悲哀，成为人民要求的代言人，成为时代精神的喉舌。但

回归,还是出发?

是他们之中的一些人,目睹流氓、扒手、骗子以及一切与人民为敌的势力在众目睽睽之下为所欲为而噤若寒蝉;目睹社会的黑暗、官员的腐败,以及被新闻封锁掩盖着的无数骇人听闻的事实而无动于衷;不但激不起丝毫情感的波澜,还要指责不像他们那样的人是"层次不高",甚至是"不务正业",这不太过分了吗?难道文学和美学的正业,是述说一些没有意义的梦,制造一些没有内容的形式,建构一些没有使用价值的体系吗?难道作家的存在,作家的本职工作,就是在"创新"的名义下把文学、艺术和美学弄成一些像栽花、养鸟那样"没有外在目的"的东西,以至越是"创新",离现实越远,千奇百怪,都成为空中楼阁吗?

  为创新而创新,必不能创新。文学艺术是人类思想感情的表现性形式。而思想感情,只能是生活实践及其矛盾冲突的产物。脱离了生活,脱离了现实,也就断绝了灵感和激情的源泉,断绝了创新的动力。艺术史上所有伟大的造型者,无不是从自己时代的重心吸取能源的。没有这个动力和能源而要创新,就不免做作。所谓矫情,所谓伪现代派,都是这么来的。大批作家以"寻根"为借口到荒村野镇或太古洪荒时代去逃避当代最刺心的社会问题，也是这么来的。创作的痛苦，现在变成了有趣的"玩儿"。问题不在于题材和手法（非现实化的题材和荒谬的形式都可以有现实意义），而在于我们为渺小的个人在历史命运面前无能为力的感觉所支配，忘记了历史是人创造的，放弃了自己作为人的主体地位。

当然这也是一种价值观念。但绝不仅仅是价值观念。当前"看客文学"的高度繁荣，是一种调子忧郁的文化现象。它同广大人民群众对政治现实和社会生活的普遍冷漠互为因果。但我相信它会改变。我们看到，在其他地方，那些长期对社会政治麻木不仁和冷漠沉默的人民，也曾经有过关心国家命运的热情洋溢的时候。1956年的匈牙利、1968年的捷克斯洛伐克，以及现在——1988年夏天的苏联，都是如此。中国也不例外。1979年那种热烈的爱国主义盛况和由此表现出来的人民群众的智慧、责任感和创造力，我们至今记忆犹新。那时的文学，也曾一度呈现出即将蓬勃发展的势头。如果说新时期文学有什么成就的话，也是同那个被粉碎了的势头留下的余波分不开的。

那以后两三年，虽然客观情况不妙，热情并没有立即下降。各报社堆积如山、络绎盈门的人民来信、来访，直到近四五年才消失而归于沉寂。而随着沉寂的到来，"看客文学"才相应地繁荣起来。王蒙部长说这是因为自由太多而失重，我认为恰恰相反：当代文学的失重，恰恰是因为自由还不够的缘故。自由不够，真话难说，于是顾左右而言他，"却道天凉好个秋"，哪能不失重！？

自由，是要自己去争取的。等待别人赐予或等待别人冒险为我们争取，这种等待观望的态度也同看客精神无异。所以文学的变迁，是与文学以外的许多因素（所谓"非文学因素"）有关的。当我们意识到安全的需要，或者无意识地为这种需要所支配的时候，那迫使我们去寻找精神避难所的东西是社会关系及其无形的压力，而不是主观意识或本能冲动。但本能、意识、看法乃至激情和灵感等等这些心理的或主观的东西并不是微不足道的。我们能否走向未来，虽然取决于许多客观因素，包括既成事实，以及规律和前提之类，但也取决于我们的选择和为之而奋斗的决心与意志。

这一因素的作用丝毫也不亚于其他因素。通过人们所具有的能力和潜力的自发性变化，外在的客观世界本身也会呈现出丰富的发展可能。从而进一步为我们自己的自由选择提供更大的余地。这种千差万别的变化，不但是人格价值和精神价值出现新萌芽的源泉和希望，也是文学、艺术、美学发展的动力源。"看客文学"的错误在于放弃生存努力，游戏人间而听凭"必然性"或既成事实支配。形形色色的"纯文学""纯艺术"，恰像是装饰着镣链的花朵，在五光十色的梦幻中呈现出一派升平景象。"政府千年专制毒，国民一曲太平歌"，这不仅是文学的死胡同，也是对理想主义精神能源的窒息和浪费。

（曾在1988年9月11日《中国文化报》和1988年第9期《书林》杂志发表，同期《新华文摘》全文转载。收入本书时，文字有修订。）

当代文学中的现实主义问题

在中国走向现代化的过程中,现代主义文学艺术的兴起,十分引人注目,各方评价不一。我认为中国的现代主义文艺,不同于西方的现代主义文艺。前者比后者具有更多的积极因素。但即使如此,它们也没有可能,成为当代中国文艺的主流。当代中国文艺的主流,仍将是现实主义。

不论怎么说,有一点是肯定的:正统教条主义的现实主义及其理论,已经过时了。这不仅是由于现代主义文艺浪潮的冲击,更主要的是,那种主义及其理论,早已不再能适应改革开放的需要。80年代以来,知识、信息量的猛增,生活节奏的加快,政治、经济的不平衡发展,复杂、矛盾社会的变迁,读者思想觉悟和审美能力的提高，以及由这一切所引起的心理过程和思想感受方式的变化，都无不向文学艺术提出了更高的要求。

特别是认识论方面的革命，突出了认识过程和认识结果的主体性。与之相应，当代美学也已经开始从传统的、反映论的认识论，转向更为深刻的心理分析，转向强调主体性原理，强调以美感经验为研究中心，从单纯的唯物，转向重视人的作用和人的价值。格式塔学派的研究成果（关于人的心理中存在着一种能整合感觉经验以形成完形知觉的知觉结构的学说）；皮亚杰的研究成果（发生认识论，对认识结构及其建构机制网的描述）；当代美国方兴未艾的认知心理学的研究成果（概念网络结构、语义结构等对认识内容的整理、加工机制），以及其他心理学派的研究成果被广泛地应用，形成了强大的变革势头，给传统的、反映论的认识论以猛烈冲击，从而也带来了建基于这种反映论的认识论上的传统现实主义文艺理论的危机。

自从卢卡契把文艺确认为认识的手段，把文艺反映现实生活的过程，当作科学认识和说明现实生活的过程，要求作家、艺术家在这个过程中掩盖其逻辑思维和科学推理，把现实生活的本质真实和普遍规律按照典型化原则以具体的艺术形象反映出来，以使自己的作品区别于哲学和科学作品以来，传统的现实主义一直被确认为特定的反映客观现实的方法。以至于似乎只要严格地采用这种方法，即使作者的世界观是错误的，也可以达到正确地认识和反映客观现实，而又使其作品不失为文艺。以至于似乎存在着一种可以与世界观相矛盾的创作方法。所谓"巴尔扎克和托尔斯泰创作方法与世界观的矛盾"这个提法所要说明的无非是创作方法可以以其程序上的正确性，纠正错误世界观的障碍而达到客观地认识和反映现实的理想。就算这样吧，但传统的现实主义理论又提出了倾向性这一与客观性不相一致的要求，并且实际上是以既定的倾向性要求代替了真实性的要求，以致文艺是客观现实本质属性的概括（典型化）的观点，导致了现实主义文艺是作者按照先进世界观和阶级利益反映现实的观点，以及典型问题是政治问题的观点。从而又导致了思想先行和主题先行——直到借口与浪漫主义结合，而完全不顾事实地任意胡吹，彻底放弃了对于真实性的要求和它的方法论原则，这样一来，以现实主义自称的这种理论，即传统现实主义理论及其创作实践,实际上就是走进了死胡同。

卓越的现实主义理论家们为防止这个可以预见的结果进行了不懈的努力。40年代布莱希特、西格斯与卢卡契的争论,到60年代加罗蒂和阿拉贡的"无边的现实主义",再到苏联"开放的现实主义""多元的现实主义"以及西方"功能现实主义""心理现实主义""理性现实主义""魔幻现实主义"等等提法的出现,现实主义的理论家们一直在探索某种修正原有的理论框架,使之能把更多的创作方法和艺术形式包容进去的可能性。不论这些探索成果有何意义,都无助于传统的、作为特定方法论的现实主义的再度复兴。——作为一种特定的创作方法论的传统现实主义,已经只能凭借教条主义的行政推行来维持局面,其影响的下降当然是不可避免的。正因为如此,有些具有现代意识的理论家们反其道而行之,不要现实主义,而主张用现代主义来取代现实主义,是可以理解的。

现代主义果然能取代现实主义,而成为当代中国文艺的主流吗?我认为不可能。之所以似乎显得可能,是因为我们仍然把现实主义仅仅看作是一种特定的创作方法。然而事实上,不可能有什么超越于作者人生观、世界观之上的通用的"客观的"创作方法。我们不应当根据创作方法，而应当根据作家和作品表现出来的人生观、世界观的基本倾向，来区别现实主义和非现实主义。现实主义，这首先是一种精神，一种敢于直面惨淡的人生，敢于正视淋漓的鲜血的战斗精神。而在当前的中国，广大人民群众为争取改革开放和现代化而同封建主义、官僚主义及极"左"思潮进行艰苦卓绝的斗争的过程中，我们仍然需要这种精神。由于时代的需要，现实主义文艺，仍将是当代文艺的主流。

我们不妨把反映在文艺作品里的现实主义精神，同浪漫主义精神做一大体的比较：浪漫主义偏重形式，现实主义偏重内容；浪漫主义主要依靠想象，现实主义主要依靠观察；浪漫主义刻意表现主观，现实主义努力认识客观；浪漫主义迷恋于美丽的或崇高的梦境，现实主义立足于悲惨的甚或丑恶的现实；浪漫主义为艺术而艺术，现实主义为人生而艺术。而所有这一切，在具体作品中又往往互相交叉、互相渗透、互相包含、互相补充，以至于有些伟大的作家，有些伟大的作品，究竟是现实主义还是浪漫主义，文学史家们也很难分清。

所谓现代主义，作为20年代以来流行于西方的许多文艺思潮的总称，它仍然首先是一种精神。这种精神不一定就是现代的。其最新发展"后现代主义"也已经是60年代的东西了。60年代现代主义理论家们曾经强调，与"当代"作家如萧伯纳、高尔斯华绥等人相信历史进步，重视社会题材相反，现代作家如艾略特、庞德等人不相信社会进步，只着眼于异化现象与个人梦幻。现代主义的这个特点至今没有改变。但这并不意味着它只有消极的意义。作为浪漫主义经由唯美主义的一个发展，它比之于唯美主义无疑具有更多的现实精神。唯美主义作家是超脱的，逃避现实而追求纯形式，现代主义作家虽然也强调艺术本身的独立价值，但其激情和灵感往往来自当代最深刻、最尖锐的社会矛盾。他们是对苦难和荒谬极其敏感的人物，这就使得他们的作品，无论是甲虫、犀牛、毛猿还是公猪，都具有深刻的现实意义，以及隐藏在这现实意义背后的深刻的危机感、荒谬意识和反传统精神。

这种精神是当时西方的时代精神，表明作家与他们的读者之间有着共同的感受，所以能得到普遍的共鸣。这是西方现代主义突破唯美主义狭小的读者圈而进入更广大世界的真正理由，也是它们引起在长期的大一统封建专制主义统治下,自我意识刚刚觉醒,具有强烈的历史感、危机感和使命感的当代中国作家热烈关注的真正理由。在危机感、荒谬意识和反传统精神这些点上,当代中国作家们找到了与西方现代主义者主要的价值认同,从而激起了追求与之相适应的新的艺术形式和探索与之相适应的新的表现手法,从而突破传统现实主义僵化单一、令人反感的老一套的热情。而广大中国读者,特别是青年读者,也由于同样的原因,对作家们的探索表示欢迎。

但是,这并不意味着,当代中国现代主义的文学艺术,是西方现代主义的翻版;更不意味着,中国的现代主义将取代现实主义而成为当代文艺思潮的主流。

当代中国作家,很少有机会像西方现代派那样成为游离于社会之外的局外人。他们的向内转,主要还是一种历史的反思,而不是西方现代派那种多余人式的自我挖掘。他们的内省精神,主要还是一种"与全民族共忏悔"的群体意识,而不是西方现代派那种惊惧、焦灼而又凄厉的个体意识。他们的危机感,主要是对祖国、人民和自身命运前途的忧虑,而不是西方现代派那种空虚无着落的精神危机;他们的荒谬意识是植根于不可理喻的人与人、人与物的关系的社会意识，而不是西方现代派那种以反对市民社会虚假的伦理道德和庸俗的审美趣味为主的恶魔主义。这些不同是明显的。当然这其间不无交叉，但基调和主旨却大相径庭。

中国现代主义的这些特点，比之于西方现代主义，毋宁说它更接近于现实主义。事实上，中国持现代主义观点的人，并不是现实主义作家的对立面。他们在精神上与读者取得联系的渠道，也就是现实主义作家与读者互相沟通的渠道，这是他们得以在中国条件下拥有不少读者的原因。但也正是这同一原因，决定了现代主义的影响不可能超过现实主义。因为当代中国的读者群，已不同于当年西方现代主义者所拥有的读者群。在前者之中，没有一个人不明白，他们的处境是由人造成的，因此也是可以由人来改变的，并不是什么历史的宿命，更不是什么生命存在的固有状态。所以他们倾向于采取比较积极的人生态度，而对于只有消极意义的、反文化的和极端非理性主义的思潮多少有所保留。这样的读者群，更宜于造就现实主义者，而比较地不宜于造就现代主义者。

正如应当把中国现代主义与西方现代主义相区别一样，我们也应当把中国的现实主义与西方的现实主义相区别。事实上，现实主义作为一种系统的文学艺术理论，也是在五四以来随同浪漫主义、现代主义一同传入中国的。由于反对封建专制的现实的社会需要，西方现实主义特别是俄国现实主义的影响，在中国曾得到长足的发展。具体到当代中国，反封建的任务仍远未完成，艰苦奋斗中的中国人民，没有时间也没有足够的兴趣来回味那种对于个别现象的特殊感受——如果这感受不能引导我们走向更为广阔的未来的话。所以，我们在需要现代主义的同时，仍然更需要现实主义，更需要现实主义的战斗精神。

过去，由于极"左"思潮的严重影响，中国的现实主义文艺没有可能实话实说。外来的现实主义在我们这里变成了某种假话连篇、千篇一律，根本没有这样一种指向的、概念的传声筒。而另一方面，植根于我们民族历史和现实深层的现实主义精神，通过象征、隐喻、结构变异、情节的荒谬化或其他非常手段，来表达自己的切身感受和热切呼求，从而使得作品带有某种类似于现代主义的意味，以至于我们只能越过语义层面而在隐义层面或引申层面上把握它。这是否是现实主义的一种深化，姑且存而不论。总之它既不是教条主义的现实主义，也不是传统意义上的西方现实主义,更不是传统意义上的西方现代主义。它是中国历史、中国当代现实和中国作家的智慧、激情和灵感的共同产物,一种具有中国特色的,但是还处于萌芽状态的现实主义。

我们不要教条主义的现实主义。我们要的是富于进取精神的中国特色的现实主义。新时期以来中国文学最伟大的成就之一,就是为探索中国特色的现实主义做出了良好的开端。我认为,许多在眼下被当作现代主义看待的作品,由于它积极进取的人生态度,其实是一种处于萌芽状态的具有中国特色的现实主义。现在的问题是,创作已经远远地走到了理论的前面,因此许多处于萌芽状态的积极因素,不能得到理论上的肯定和说明。因而不可避免地、暂时地造成某种惶惑。

但这惶惑,正是觉醒的先声,有如清晨离开港湾的船舶,那汽笛的长鸣预示着乘风破浪的万里航程。

"九万里风鹏正举,风休住,篷舟吹取三山去!"

(首发于1987年12月8日《人民日报》。收入本书时,文字有修订。)

文学的当代意义

文学现象,从来就不是当前纯文学论者们所宣称的那种独立现象。文学是人学,作为人类思想感情的一种表现性形式,不仅带有人所必有的历史、社会特征,即时代、文化特征,而且作为人的创造物,也体现出人的创造性。它不仅是民族性格、时代精神和人的历史、文化、社会属性的一个反映或表现,而且也能动地参与形成民族性格、时代精神和人的历史、文化、社会属性。正因为如此,文学活动不仅是文学活动。它作为人类创造世界的无数活动中的一项活动,与其他活动互相关联。一件作品如此,一个流派如此,一整个时代的文学潮流,也是如此。

当前流行的纯文学现象也不例外。它是当代中国

文学为突破束缚而进行的自我调整行动的一个组成部分。当代中国文学潮流,大体上有三种主要的不同倾向:

第一种倾向是用整体来取消个体,用外在的指令,即行政领导人给定的主题思想和创作方法,来代替作家个人产生于现实处境和人格特征的内在动力。用实用主义的政策宣传的单一需要,来代替为历史运动所唤醒的人的多种多样的现实需要。这种40年代以来严重扼杀了文学生机的文学思想及其实践,虽说已明显地走向衰退,但仍有其深厚的社会基础,依旧普遍地和愤愤不平地存在着。

第二种倾向是对上述倾向统治的反叛。力求用个体来否定整体;用感性来取代理性;用语言和形式的无意识构成,来替换对思想感情的有意识表现;用对文学本体的理解与追求,来抵制宣传任务的贯彻与执行。它强调文学自为目的,要求文学的非历史化、非社会化、非现实化、非理性化。这种倾向的出现,无疑是对第一种倾向所造成的僵死停滞的大一统局面的突破,具有巨大的解放意义和进步意义。但是,由于它在反对用整体来否定个体时把个体绝对化,在反对僵死的统一性时把变化、差异和多样性绝对化,以致脱离了时代，脱离了历史运动的现实潮流这一文学生命力的源泉，使五花八门的新形式和新方法成了无根之木、无源之水，在失却轰动效应以后便无所适从，只能宣称"文学不过是游戏"。时下所谓玩儿文学、玩儿评论的兴起，标志着这种以个体否定整体的历史运动之力度不足，也表明所谓纯文学论者所理解的文学本体，不过是一个虚幻的观念而已。因而它一度造成的浩大声势，终于只能在文学界这一小圈子里起部分作用。

在以上两种文学的失落所带来的困惑中崛起的第三种倾向，其理论批判的锋芒是针对第一种倾向的。但是插进来与之辩论的却是第二种倾向。第三种倾向所强调的以变化、差异和多样性为前提的个体和整体的统一；以感性文化动力为主导的感性与理性的统一；以对历史运动和社会责任的深刻理解和对于人的解放的自由而热烈的追求为主导的意识与无意识的统一；以及文学的审美价值同它现实的当代意义不可分割，文学的追求与特定社会历史条件下人类进步的具体要求相一致，是文学作为人学自我实现的必由之路等基本观点，都受到纯文学论的尖锐批评。批评所引起的更为深刻的反思使我们认识到，文学为开发本身所固有的内在生命力，必须扬弃那个以语言和形式为出发点和目的的虚幻的文学本体，重新确认植根于人类改造世界的实践，植根于历史运动和社会生活的真正的文学本体。从而加深了对于把外在的阻力转化为内在的动力的那个现实的创作过程的理解，促成了文学运动与历史运动的一致。历史运动艰难困苦的进程和它所付出的惨重代价，也迫使我们学习杜绝任何非生产性的开支，而把一切精神的能源应用于人类进步的事业，把文学的理论和实践同人类进步的事业联系起来。

这种对于文学本体的理解，无疑比第二种倾向对于文学本体的形式主义理解要深刻和正确得多。它的出现，标志着当代中国文学运动向前迈进了一步。这一进步提出了一个重要的问题：文学的当代意义是什么？

联系当代中国的历史社会特点来看，答案是十分清楚的：文学的当代意义是启蒙。对于纯文学论者们来说，这么说好像是把两件不相干的事情拉在一起了。但是，既然我们已经认识到，同人的愿望、意志、信念、爱和恨的情感以及人的一切创造活动互为因果的文学的历史性和社会性，是文学本体生命的根，那么把这根深植在当代中国的现实土壤，就应当成为文学活动理所当然的追求目标。

把启蒙仅仅看作是教育家的事情只是一种狭义的理解。广义地来说，启蒙应当包括人们自我意识的唤醒，主体意识的建立，精神维度的开拓，美感、崇高感和羞耻心的培养，感受、反应方式以及整个历史地形成的文化心理结构的转换。不用说，以双重麻木为特征的这片广袤的大漠，也是作家们驰骋的天地。当代中国作家，应该比其他文化工作者更强烈地意识到和执着于自己这一驰骋的机会和历史赋予的道义责任，因为这是他事业的生命线。一个科学家可以仅仅是一个技术专家而不是知识分子，一个作家则没有这样的可能。有些科学家既是技术专家又是知识分子，例如爱因斯坦既有知识、技能，又有基于社会责任感的独立人格和批判精神。但是他的这种双重身份并不是同一的，他对法西斯暴政的强烈抗议和他对相对论的物理学研究之间并无必然的联系（另一些与他同样伟大的物理学家都曾经为希特勒服务）。而在作家身上，这种区分是不存在的。任何语言大师的操作对象——语言，都必须依其表现性的需要形成一个活的有机整体才能变成形式——文学作品。文学作品既不是物理定律也不是数学方程,因为它具有人的主体性和思想性,也就必然地具有当代性和现实性。而当代现实最强烈的进步需要就是启蒙。因此启蒙不仅是当代作家应该意识到的道义责任,也是其作品走向世界、走向永恒的必由之路。

无意识地创造形式是自由人的特权。在一切都艰难困苦的当代中国,需要的不是无意识而是意识——植根于当代现实的荒谬意识、危机意识和突围意识,以及与之相应的审美意识。如果一个人,没有对于自己的生存状况的意识和改善这种状况的必要性和可能性的意识,那他就没有资格当作家。当代现实及其意识的具体性和暂时性并不妨碍文学走向世界和永恒,恰恰相反,它是文学走向世界和永恒的必要条件。正如在敦煌壁画中魏晋的飞动、唐代的华严和宋代的清新,都是它们得以流传的条件。如果去掉了这些时代特征,那就谁也不会去看它,它的审美价值也就没有了。这么说并不排除创作的无意识性。因为灵感的到来并不通过意识的渠道。但灵感本身是在障碍物前长期积聚起来的心理动力的突破障碍,它的价值取向仍然取决于心理深层的价值取向(正因为如此,我常说情感是比思想更深刻的思想)。正如数学问题的无意识解决只有在优秀的数学家们那里才有可能，文学灵感的无意识显现也不会脱离作家一贯固有的人格、风格、世界观和产生于现实处境的具体感受。在概念运算和符号操作这一中介环节的后面，动力和结果之间存在着看不见的联系，意识到这种联系，是一种文学的自觉。而在当代中国作家身上，这种自觉首先就是体现在他对于历史赋予自己的启蒙任务的理解之上。

18世纪的法国文学，是同18世纪法国的启蒙运动联系在一起的，针对当时政教合一的专制统治的压迫，它的基本主题是理性与自由。五四以来的中国文学，是同五四时期中国的启蒙运动联系在一起的，针对数千年来封建专制主义的压迫和与之紧密配合的以儒家礼教为主体的传统文化的束缚，它的基本主题是科学与民主。启蒙的对象首先是民众。为了唤起民众，当时的知识分子们在文学革命的同时，发动了一场与之相应的语言革命——白话文运动。当代中国的启蒙运动，实际上是五四运动的一个继续，仍然以反专制为其主要内容。因为反专制的任务不仅远未完成，在某种意义上，甚至比五四时期更加复杂、更加困难了。

由于生产力和文化教育水平的落后,以儒学为主体的传统文化意识的影响既深且广,专制主义在当代中国的土地上仍然根深蒂固,以致马列主义、社会主义思想在中国的传播,并没有动摇它的根本。许多专制主义的东西,贴上了这些新的标签,使人们看不清它的本质,陷入更深的蒙昧,严重阻碍了历史的发展。在农村,随着经济复苏而普遍出现的,是赌博、修坟、纳妾、买卖婚姻等沉渣的泛起。在城市,普遍出现的则是贪污、受贿、官批、官倒。宗派团伙欺行霸市,行帮以公司的面貌出现;连测字算命之类都打起最新科学的旗号。真、假精神贵族以远离现实为清高;武侠、色情、暴力的通俗读物成为流行;干部目无法纪为所欲为,当事人求告无门,广大群众则视而不见。与这种冷淡同时表现出来的,是对华侨、台胞、外国人的基于私利的高度热情。权力拜物教与金钱拜物教的结合,产生了一种醉生梦死的气氛。在其中,人们陷于双重麻木:第一是对痛苦的麻木,包括荒谬意识的缺乏;第二是对美的麻木,包括同情心的死亡和道德情感的沦丧。造假药、买空卖空、见死不救之类,不过是这种双重麻木的部分表现而已。这一切都可以概括为一个词——蒙昧。背负着这样的民众，任何改革者都将步履艰难。一旦形势发生逆转，一旦封建专制主义的现代翻版——极"左"路线再次得势，这样的民众会再次成为社会基础，游行欢呼，坚决拥护，甚至舆论一律，都是可能的。新时期以来几次不大的反复都证明了这一点。真理并非必胜，历史也非不可逆转。无论为争取祖国的进步，还是为防止"文革"悲剧的重演，启蒙工作，都是必要的。

消除蒙昧，这是历史赋予包括当代中国作家在内的当代中国知识分子的一项神圣使命。历史使命不是额外的负担，特别是对于作家来说，它是时代的恩赐，只有特别幸运的人才能得到。不独当代中国如此，世界文学史上所有伟大的作家，无不得益于自己的时代。没有使命和使命感的人，不仅生活平庸乏味，灵魂深处也没有足以摇撼和燃烧别人灵魂的力和热，这样的人是绝不会成为大作家的。生逢这疾风迅雨的伟大时代而要闭眼不看现实；置身在波诡云谲的历史潮流中而要谋求心理的距离；目睹新与旧、真与假、正义与罪恶、自由与奴役之间空前剧烈而又扑朔迷离的搏斗，体验着精神奴役的创伤和观察着形形色色对于创伤的麻木而要保持超脱的平静，以为这样才能走向世界、走向永恒，岂不是南其辕而北其辙吗？

所谓"国家不幸诗人幸"，并不是利用国家的不幸来做文章，使自己幸运。恰恰相反，只有把国家的不幸理解为自己的不幸，把人民的苦难体验为自己的苦难，从而把自己的创造力投入人民群众创造世界的历史性运动之中，才有可能从历史运动中吸取力量增强自己的创造力，创造出伟大的作品。这就要求作家们在揭露人们的蒙昧的同时，也要能正视自己心中的蒙昧，而不是居高临下地充当精神领袖和灵魂的工程师。应当认识到我们自己并不比普通人高明。如果缺乏自我批判、自我更新的能力；如果心灵不能为别人的痛苦而悸动，血不能为人间的不幸而沸腾；如果不能把自己的灵魂作为镜子，让人们穿过异化的迷雾，在其中照见他们渐渐有点儿畜类化了的面孔，而感到大羞耻和大恐怖，而在大羞耻和大恐怖中复活，那就谈不上启蒙，也谈不上文学的当代意义。这并不是说只有写异化才是启蒙，而是以此作为例子，说明作家只有忠于自己的切身体验和具体感受，以自身为对象，然后才有可能以民众为对象。易言之，消除双重麻木的道路，同时也是作家自我创造和在创造中形成文学的道路。而当前的纯文学论者们之所以陷于困惑，恰恰是因为迷失了这条通向文学的道路。"可怜夜半虚前席，不问苍生问鬼神！"纵然是才调无伦，也只好搔首踟蹰了。

（首发于1988年12月20日《人民日报》。收入本书时，文字有修订。）

为"社会学的"评论一辩

文学评论,是整个文学事业的一部分。当前正在兴起的"评论的评论"之风,是我国当代文学郁郁勃勃的无限生机所唤醒的季候风,是在文学急促前进的足音中,评论工作为求得与文学同步而进行的紧张的自我调整。澎湃的春潮为我们带来了一大批优秀的中、青年评论家,也吸引了很多诗人、作家参加评论,说出了许多我们久已想说的心里话,形势之好,出乎我的预料。

过去的评论,往往带有判决书的意味。评论家们,也往往有恃无恐,居高临下,习惯于手把着手教导作家们该写什么、该怎样写,动辄板起面孔训人,似乎他比作家还要高明。近年来,这种心态与作风似乎颠倒过来了。评论家们似乎大都成了作品和作家的讲解员和宣传员，即使有几句批评，也是为了保持文章的平衡；面面俱到、四平八稳、不痛不痒，引不起读者的美感与激情。这前后两种情况，有一个共同的特点，就是不够真诚。

评论，同创作一样，最需要的基本态度就是真诚。鉴赏力和判断力，还在其次。只是由于缺乏真诚，千篇一律的陈词滥调和各种行文的俗套才会流行。只是由于缺乏真诚，文章才缺少鲜明的风格与个性，缺少理论见解和批评手法的独创性。概念工具的陈旧和稀少，思维空间的狭仄与思维线路的固定化等等，都是从之而来的毛病。我们刚刚经历过一个漫长的说假话的时代，对之当然也能理解。但是，现在已经到了可以说一点儿真话的时候了，为什么还要那样？

文学是强者，不需要评论扶着它走路。文学评论也应当是强者，不需要靠在文学的身上才能走路。二者都是立足于大地，都只有脚踏实地才能前进。现在文学创作的领域，出现了开拓性的局面，多元、多维、多层次的局面，也出现了一种文学与现实之间的互动。特殊的历史，造成了今天这个容易出轰动效应的时代，给有才能的诗人、作家们，带来了前所未有的声望。在这种情况下，文学评论不是紧紧跟上，而是出现了两种互相矛盾的情况：一方面，对新生事物（例如现代诗）不理解又不研究，只一味茫然地横加指责；另一方面，面对优秀作品和作者的显赫声望，评论家们好像有点儿怯场，好像有点儿不敢自信地直盯着对方的眼睛说出自己的心里话。两种情况所表现出来的，都是缺乏真诚。因为缺乏真诚，因而底气不足。

我说当代文学中"出现了"什么什么，并不是说所有的文学作品都已经是什么什么。所谓出现，是指在大量文学现象中的新因素、新生力量，它们相对于整个文学领域来说还是比例很小的。那些从形式到内容都很陈旧的作品仍大量存在。创作方法上俗套很多，许多文学作品实际上并不是真正的文学。所有这一切，特别是文学现象中的非文学因素，都需要评论界及时指出。但事实上，评论界好像更乐于竞相赞美一些不值得赞美的虚假文学作品，以致"霜叶红于二月花"。所以我一再强调，现在理论落后于创作。

所以我欢呼"评论的评论"之风的兴起。这种理论自身的真诚反思，基于一种深沉的哲学意识，基于文学进步所带来的重新估价一切的氛围,它的出现实在是文学发展的需要,也是时代的需要。既有评论的评论,当然就有意见的分歧。我认为分歧越多越好。分歧越多,选择的机会越多;没有分歧,也就没有选择;没有选择,也就没有进步了。

把"评论的评论"中许多意见归纳分类,我感到隐隐约约存在着这样一种倾向,即否定所谓"社会学的评论"而重视"审美的评论"的倾向。这如果是意味着从过去的专从文学的外部规律着眼,而转向于从文学的内部规律即文学本身的审美本性着眼,那么这种倾向,相对于过去的庸俗社会学来说,无疑是很大的进步。但如果这是意味着把"社会学的评论"同棍子混为一谈,而和"审美的评论"对立起来,意味着对作品思想性和真实性的要求屈服于"无端打来的社会学的简单棍棒",那么这种倾向,是错误的,不管在表述上是如何的面面俱到,都应该拒绝选择。

说文学评论中存在着一种"社会学的"评论,问题的这种提法过于含糊。应当把从社会学的角度来做的文学评论,同以文学作品为例证来做的社会学评论严格区别开来。后者应不在讨论之列。如果是前者,要看它评论的是什么作品。如果是像《边城》和《大淖记事》之类纯美作品，你要简单地说它没有反映时代的主流或者"千军万马的斗争"，那么这样的评论当然是庸俗社会学，要不得。但如果作品本身是政治社会性的，像《绿化树》和《雪落黄河静无声》之类，你却不许人家从社会学的角度来加以评论，那怎么能行？

同一作品、同一文学现象，可以着眼于它的形式结构，是为形式美学；可以着眼于它的心理效应，是为心理美学；也可以着眼于它的社会价值，是为社会美学。三者都可以说是美学评论。在这个意义上，"社会学的"评论也有美学的价值。如果说前二者是"审美的"评论而后者是"社会学的"评论，那么它们在同一评论中其实是互相渗透而又互相印证的。一篇评论文章，可以侧重前者，也可以侧重后者。侧重什么，要以具体作品为转移。作品本身的角度是不同的。对于多向度的作品，不仅要从各个角度来考察它，而且要看它是以什么向度为主，从而选择一个主要考察的角度。

当代文学评论，如果选择社会学的角度，往往是基于作品本身的倾向，以及评论家的历史感与现实感。所谓棍棒，只能是指过去那种为极"左"路线服务、一出来就尾随着政治迫害因而不容分辩的所谓评论。那就不是你用什么"审美的批评"能够说服的了。它所依靠的,是结构性的行政力量。如果你想与之做斗争,你就必须参加到现实的历史运动中去。你就必须把文学和文学评论,也当作这一共同事业的一部分来对待。那么你就不能歧视和排斥文学研究的社会学角度。如果你是搞纯艺术和唯美主义的评论,那么你也就用不着去歧视和排斥什么什么。当你歧视和排斥什么什么的时候,你的美和你的艺术也就不纯了。

现在"新时期",社会学的角度也是新的。如果你不支持,可以与之辩论,它除了同你说理以外,没有别的办法对付你。你完全可以正大光明,有多少理都可以说,只是别以势压人,别进行政治陷害和人身攻击。因为它借以自立的唯一的东西就是它的理,这个理一旦被你驳倒,它除了自行消失,也就只有改变。而改变也就是它的进步。但如果它的理能站住脚,那么这个理,和过去的相反,除了不利于极"左"路线及其假文学以外,对谁都有利。所以如果不是对"左"的东西有所偏爱或认识不清,那就完全没有必要把这种所谓的"社会学的"评论称为棍棒。

何况即使纯美的作品,如山水花鸟画那样的作品，也并不是完全没有社会性，也并不是完全不可以从社会学的角度加以评论。看了沈从文的《丈夫》和张洁的《爱，是不能忘记的》，你不知道作者的伦理道德观点是什么，作者本人也未必知道，但他们确实在丑恶中看到了一种人性的美。在这种人性的美中，包含着对于道德含义的更深理解。作者在思考，也让读者去思考。但评论家不是一般的读者，由于专业的性质，他应当引导读者去思考。当他在引导的时候，他就是在使用"社会学的"角度了。

文学表现和创造美。美的价值和艺术的价值并不是一种自在的价值，而是在一定的社会历史条件下和人的需要、愿望、目标，以及与之相应的热情、追求、思维和行动的方式等等联系在一起的，因而也能动地和结构性地与所有一切其他价值，例如科学价值和实用价值、经济价值和教育价值、历史价值和政治价值等等联系在一起。而所有这些价值，无不从属于一个更为宏观的价值，即以人的解放程度为标志的个人自由和社会进步。文学和社会的互动，因此成为可能。

审美价值和艺术价值作为这一切价值以情感为中介的综合统一，无不反映出人们对进步的追求，即对于旧的、僵死的理性结构的突破。审美的价值和艺术的价值，本质上也就是这种突破和追求活动本身的价值。这一点规定了倾向性即社会性是包括文学在内的一切艺术的基本特性，规定了不可能有什么纯艺术的唯美主义的批评——除非它是由深层心理学通向深层历史学的曲折小径。

文学是人学，而人是历史的、具体的。所以他们和他们的文学，必然在一定社会条件下表现出一定的倾向性。这个倾向性是时代与社会的反映，同时也对时代与社会起一定消极或积极的作用。所谓文学批评，不过是文学对于自己的倾向性及其社会效果的自觉意识而已。这种倾向性在文学中表现为特定价值（它折射在具体的审美现象中）的追求，在文学批评中则表现为同一价值尺度的自觉和反思的使用。所以价值观念，是文学批评的灵魂。对价值观念的自觉，来自深刻的自我意识。文学评论是我们陈述自己价值观念的一种形式，所以它也是评论家自我意识的一种表现。正因为自我意识的照明，所以他能从一个更深的层次和更宏观的背景上来评价作品，所以有自己的概念、范畴、语义、尺度，有自己的前提。没有前提的批评不是批评，没有价值观念的评价不是评价；而没有批评和评价的评论，也就不是评论。就事论事，就作品论作品，追随在作品后面亦步亦趋地进行"审美的"分析，也许能够表现某种再描述（诠释字句、揭示隐喻、阐明象征、分析技巧等等）的愉快，但那不过是作品的欣赏随笔，或者作品的解剖图式的说明，而不是评论。

所以评论家作为评论家，应当有他的自觉的自我。也就是说，他应当意识到自己的价值观念。应当立足于自己的时代，有强烈的历史感和现实感，知道自己需要和追求的是什么。而不是盲目地人云亦云，以作品的视域为视域，或者把心思用于在文学史或当代世界文学图谱中寻找一个立脚点。你的立脚点就是你脚下的土地，你是在这片土地上前进。离开了土地，你就没有力量。土地，只有土地，才是你激情和力量的源泉。离开了土地的那种所谓"临空鸟瞰的高度"是不存在的。如果说有的话，那就只能是从自己立足的角度，用自己的眼光，透过世界看作品，而不是用别人的眼光，透过作品看世界。只有如此，他才能从更深的层次和更宏观的背景，而显出一种"临空鸟瞰的高度"。高度是与深度成正比的。只有立足于土厚水深的大地，你才有可能获得把你高扬起来的智慧与激情。

在需要激情这一点上，文学评论与文学相同。文学没有前提，常常感性地、直观地、潜意识地在某一点上突入一个未知、未来、被拒绝的世界，而成为一种于人们是陌生的现象，一种使人惶惑的东西。这种惶惑，很可能也就是直接表现了作者的惶惑。但是评论家不应当只感到惶惑，或者只满足于通过审美心理的微观分析，来说明这惶惑。不，他如果不能透过这惶惑看到一种选择的机会，一种获得人的最佳存在形式的新的可能性，并且向作者和读者指出来，那他就不是文学评论家。他至多只是一个以文学作品为例证来说明一种心理现象的心理学家。如果说，不能要求文学家对现实问题做出是非判断或者提供圆满答案，如果说文学家只要做到把心理体验传达出来就算是不辱使命，那么评论家的工作则刚刚是从文学家们终止的地方开始的：把微观心理现象放在宏观的历史背景中来考察。考察的目的，不仅仅是说明作品，而是要穿过重重叠叠的幻影的森林，去寻找光的灵魂。

这使得文学评论，无法脱离自己的时代与社会，而与纯粹的科学相同而又不同。科学是超脱的、冷静的、客观的。但这超脱、冷静、客观，都无助于解决我们最重要的文学问题。如果说西方美学诸流派要比我们的文学评论更科学些，那么我愿意指出，无论是唯美主义的佩特还是未来主义的马里内蒂，是意识流派的詹姆斯还是表现主义的布莱希特，是超现实主义的布列东还是新小说派的葛利叶，是结构主义的弗拉亥还是语义学派的瑞恰兹，都不能说明，为什么刘宾雁的报告文学，以马蒂斯式的粗线条而能如此以雷霆万钧的力量，震撼着亿万中国人的心灵。为什么张辛欣的小说，以极少的数量而能给作者带来如此巨大的声望。为什么一些青年诗人的作品，在阵阵声讨声中而能崛起为诗歌发展的里程碑。

这不是说这些作品高级到哪里去了，也不是说这些西方美学家不深刻或者没有创造性。而是说要了解一种文学想象，必须了解产生它的以及它所面对的社会。要了解当代中国文学，首先要了解当代中国的现实，才有可能。新近引进的"接受美学"，不是很受欢迎吗？接受美学的要义是把读者的感受作为作品完成的要素考虑进去。如果不联系当代中国的社会现实，不联系中国人民在与极"左"势力进行艰难困苦而又百折不挠的斗争中形成的价值观念，那么我们是连接受美学也接受不了的。此外如文化—历史的批评、神话—原型的批评、语义—结构的批评等等，都不过是一些不同的研究角度。比方说一个人,从状貌动作的角度来看可能很丑,从道德的角度来看可能很美,从医学的角度来看可能很强健,从法学的角度来看可能是罪犯,而作为一个具体的人来说,这些互相矛盾的特点在他身上是统一的。假如这个人就是文学作品或文学现象,我们即使不要求评论者全面了解他,起码也应当要求评论者不要用一个角度来排斥另一个角度。

现在有许多假文学,与真文学鱼目混珠。非文学并不等于假文学,桌子是非文学,并不是假文学,总结报告是非文学,并不是假文学。"大跃进"时期人们都说亩产十万斤,许多文学作品也"创造"了这样的"典型":他起初怀疑亩产可以万斤,后来看到事实而觉悟过来,放出了更大的卫星。这不是桌子,不是总结,也不是文学,就叫假文学吧。"新时期"以来,这种假文学还很流行。过去"三结合"(领导出思想,群众出生活,作家出技巧)创作小组中出技巧的成员,习惯性地紧盯着"党内斗争新动向",根据新的政策精神编造新的故事,也还是驾轻就熟。这是假文学的一个来源。他们得到佳评如潮,这个奖那个奖如探囊取物,也有助于假文学的盛行。要把它同真正的文学作品区别开来,从社会学的角度切入最有利。无线电遥控的鸟儿也能飞鸣,这是一种没有失误也没有创造、没有变化也没有选择、没有情感也没有倾向性(焦虑、恐惧、欢乐……)的飞鸣。要把这种飞鸣同真正的活的鸟儿的飞鸣区别开来,就必须把握鸟儿的生命。说仅仅"审美的"批评难以区别真假,是说生命及其表现是一种比特定形式更为宏观的现象,它只有放在一个更为宏观的基点上来考察,才能被我们把握。

真正的文学作品,作为一种用文字语言材料组成的特殊符号信号系统,其生命力即创造性表现在下列几个方面:一、它以前所未有的结构与形式丰富和发展了艺术语言的元功能——传递信息的功能。二、它以前所未有的心理体验与感受方式丰富和发展了人类的内心生活——它构成客观的精神文明。三、它以前所未有的鼓舞力量给人类改造客观世界、推动历史前进的意志与行为注入新的活力。这三个前所未有,是一切伟大作品的共同特征。第一个方面的研究构成形式美学,它相当于语言学中的修辞学;第二个方面的研究构成心理美学,它相当于语言学中的语义学;第三个方面的研究构成社会美学,即价值美学,它相当于语言学中的语用学。这三个方面的研究不仅来自三个不同的角度，也基于文学现象的三个不同的层次。而社会美学，即价值美学的层次，是最基本的层次。

真文学的生命力，植根于作者的独立和自由。所以文学作品所创造的美，实际上是自由的象征。当作品被美照亮，呈现出跃动的生命力时，我们知道，正是自由，才是这光的灵魂。审美的批评家如果不能在作品的森林中追踪这光的灵魂，也就不能把握活生生的美。而如果他这样做，就不能不涉及许多敏感的社会问题和哲学问题（凡与自由有关的一切都是敏感的），而甘冒一种社会学的风险。

（本文前半部分曾发表于《读书》1985年第11期，后半部分发表于《中国》1986年第3期。题为《关于文学评论的随想——为"社会学的"评论再一辩》。收入本书时，二文合一，文字有修订。）

答《青年作家》问

《青年作家》编者按：1987年12月14日，本刊副主编何世平访问了著名美学家高尔泰教授，就其发表在12月8日《人民日报》上的文章《当代文学中的现实主义问题》，提出了一些问题，高尔泰教授一一做了答复。现将我们的问题和他的答复（根据录音记录整理）一并刊登如下。

何：高老师，我们刚刚看了您在《人民日报》上谈当代现实主义的那篇文章，大家很感兴趣，想问几个相关的问题。第一个问题是，为什么您要把卢卡契作为您所不赞成的"传统现实主义"的代表？在我们看来，正是卢卡契的文艺理论，最能说明恩格斯的观点。尽管在自然辩证法、反映论、实践观等哲学问题上他与恩格斯针锋相对。

高：我们不牵涉恩格斯，太敏感，单谈卢卡契。卢卡契的政治理论观点，20年代末曾经受到共产国际内部的批判。30年代转入美学领域，又受到苏联教条主义者的批判。但是尽管如此，或者正因为如此，他同庸俗社会学和斯大林教条主义者的微妙分歧，引起了国际理论界的注意。他不仅最全面、最彻底地阐述了传统现实主义的反映论哲学前提，而且比其他左翼理论家更理解文学艺术与社会联系的复杂性。所以他的现实主义理论，比别人的影响更大、更深刻。需要强调指出的是，卢卡契虽然受到教条主义者和庸俗社会学的批判，他在国际左翼文学论战中仍以苏联正统自居。他把世界文学分为三大类：为旧制度辩护的文学；先锋派文学；社会主义现实主义文学。他认为只有第三类文学才是进步的文学，其他的都是反动的。这仍然是教条主义者的观点，是在由教条主义规定的所谓"社会主义现实主义"范围内做文章。但是，由于他比教条主义者灵活，比庸俗社会学深刻，所以不论当时苏联的政治裁决如何对他不利，在国际左翼内部的理论斗争中，实际上取得胜利的是他。他是传统现实主义理论精华的集大成者。这是没有他那种才、学、识和理论勇气的人办不到的。

何：您在文章中以肯定的口气提到布莱希特和卢卡契的争论。您是不是认为，布莱希特比卢卡契更正确？

高：布莱希特的理论，与卢卡契的理论同是"社会主义现实主义"的理论。但是，布莱希特研究的着眼点是作品与读者的关系；卢卡契研究的着眼点是作品与现实世界的关系。着眼于作品和读者的关系，布莱希特强调艺术的开放性和未完成性，强调作品的整体结构只有通过读者或观众的接受过程才得以形成，而不能只由艺术作品如此这般地描述出来。着眼于作品和现实的关系，卢卡契强调艺术的反映论本质。针对当时有的作家、理论家对"艺术是反映现实的镜子"这一命题的正确性表示怀疑的情况，卢卡契写道："'镜子'这个比喻是不可缺少的。"他说，只有借助于这个比喻，"才能理解艺术是不依赖于我们的意识而存在的现实的特殊反映"。我所批评的正是这个观点。我认为，不论布莱希特对作品和现实的关系理解如何与卢卡契近似，他至少不是从这个角度来讨论文学问题的。他至少从接受美学的角度，把一种能动的因素带进了现实主义理论。至少在这一点上，他比卢卡契前进了一步。

何：当年苏联批判卢卡契的一个论点，是说卢卡契否定正确世界观对作品的指导作用。您在那篇批判卢卡契的文章中，也强调世界观、人生观对作品的决定意义。您是不是认为，当时苏联对卢卡契的批判是正确的？

高：当然不是。我强调文学、艺术的主体性，必然地要强调包括世界观、人生观在内的人的精神世界在创作活动中所起的内在作用，以及这个作用对于人类改造世界的实践活动所具有的外在意义，从而强调文艺评论不能忽略社会学的角度。我们提出这些问题都是从当前现实出发的。即使在表面上同教条主义、庸俗社会学有相似之处，本质上也完全不同。例如，他们主张"文艺为政治服务"，是要把文艺变成他们推行专制独裁的催眠术。我所强调的，是艺术与"催眠术""娱乐术"的区别。同时，针对文艺界某种"非现实化、非社会化、非历史化、非理性化"思潮，我主张文艺积极干预生活，以求推动社会进步。在某种意义上，这也可以说是主张"文艺为政治服务"。去年的《北京文学》上，有篇文章还因此骂我是"左视眼"。我没有答复，也不用答复。我反对极"左"路线，必然要求文艺为改革、开放"政治"服务。怎么反而成了"左视眼"了呢？同样，我持以批评卢卡契的观点，同当年拉普派和苏联作协章程（1934年）的观点，以及后来中国极"左"路线的唯意志论观点在强调人的主观能动性这一点上有相似之处。但是，他们说是"正确"的东西，在我看来是错误的，他们说是进步的东西，在我看来是落后的。宁可说我同他们的分歧，比同卢卡契的更根本。主观和主观、精神和精神，各有不同的现实前提、不同的内容和向度，不能脱离开具体的时间、地点、条件、抽象地加以类比。

何：我们觉得，当您说当代文艺的主流是现实主义时，实际上是把许多新潮作品都包括在内了。作为一种理论，这好像是从技术上取消了现实主义与现代主义的区别？

高：我不认为名词、概念具有绝对的意义。但是为了把问题说清楚，采用约定俗成的习惯语言比较方便。但我不认为，浪漫主义、现实主义、现代主义……这些名词能概括全部文艺。我不认为所谓的现实主义艺术和现代主义艺术之间有什么严格的、非此即彼的界限。面对新潮迭起的当代文坛，我觉得，从数量上来看，各种各样脱离现实的、为艺术的艺术，要多于敢于面对现实的、为人生的艺术。但是从质量上来看，真正有生命力的还是后者。说现实主义艺术是当代文艺的主流，也就是说后者，也只有后者才是当代文艺的骨干。

何：您讲人道主义和异化问题的那些文章，都强调各个个人人格、性格、特点和能力的发扬，是对于不承认个人人格和抹杀个人特点的大一统封建意识的突破。您说个体意识就是对于这一点的自觉。您说艺术上任何新形式的创造都是个体突破取得的胜利，都是对于新的人的存在方式的探索。看来您是肯定个体意识，否定群体意识的。而刚才您说到的为艺术的艺术，有许多正是个体意识最鲜明、最强烈的表现。但是您好像又并不欣赏，反而持尖锐的批评态度，这是为什么呢？

高：群体意识并不只仅仅等于大一统意识，更不必然地要与个体意识相对立。正如有各式各样的个体意识，群体意识也不止一种。它可能来自千百年封建专制制度形成的大一统文化意识，可能来自宗教的影响，也可能来自羊群或蚁群式的本能，或者是这一切的混合，完全是非理性的。此外，不论在什么地方、什么社会，当无数人面临着一个什么共同的迫切问题时，他们也会自发地形成某种群体意识。世界历史上常有这样的情况，一个自由散漫如一盘散沙的民族，在面对异族的入侵时会突然团结起来，表现出感人的忘我精神。那些使亿万人遭受共同不幸的东西，同时也常常是使亿万人具有同样情绪、同样倾向性的东西。这也是一种群体意识。我们批判作为群体意识的大一统思想，并不等于是批判任何一切群体意识。更不等于说一切任何群体意识都必然地要与一切任何个体意识相对立。这要联系当前现实，具体情况具体分析。表现在艺术中的思想情感，常常是复杂矛盾的，有时很难分清是什么意识，更不是非此即彼。一般来说，只有在人们的社会关系和物质生活条件使得他们所面临的问题有可能各不相同的时候，作为个体自我表现的形式主义艺术，即为艺术的艺术，才有可能由于个体差异的丰富性而繁荣发展。在这之前，为艺术的艺术所表现出来的个体意识，要么是觉醒了的主体自我对于那奴役和驾驭自己的社会力量的抗议与反叛，要么是在那种力量的控制下听天由命地自得其乐。在前一种情况下它必然趋向现实主义艺术即为人生的艺术。在后一种情况下形式探索所表示出来的，不过是冷漠和懦怯，或者在历史命运面前无能为力的感觉而已。如果后一类作品在数量上占优势，那么批评形式主义就不等于否定个体意识。

何：您说后一类作品在数量上占优势，这个估计是否也包括理论态势？

高：您当然比我更了解情况。我没有调查统计过，我说的只是根据个人接触到的东西，凭感觉和印象做的估计。我觉得现在的许多文学、艺术作品，除了当前现实中最刺心的社会问题以外，什么都写、什么都画。从天地玄黄、宇宙洪荒到猫、狗、鸟、虫、"三寸金莲"；从八卦太极图、阴阳五行，到机器人、生物工程、逻辑公式、数学方程。还有许多完全抽象的纯形式和小趣味。诸如此类的作品占据了大多数文艺刊物的主要篇幅。它们多数并没有相应的理论。不少堆满新名词深奥难懂的理论文章实际上并没有说出什么道理来。有些说得虽好，却无法实行。这一点，只要看一看所谓第三代、第四代、第五代"后崛起"的无数诗派创作和宣言之间存在着何等的落差就知道了。当然这一切都有客观原因，但是也有主观原因。不论原因是什么，艺术若要是艺术，艺术若要能起作用于历史的进步；理论若要不仅是理论，理论若要能撞击出艺术灵感和创作激情的火花，就必须立足于作者自己经历着的时代，立足于作者体验到的现实，立足于此时此地的、多色调、多声部、多灾难的人生，把作者自己的需要、愿望、理想和价值观念放进去。但是这样一来，理论就不但是为艺术的，而且是为人生的，亦即现实主义的了。现在许多人怕说现实主义，好像说现实主义就是落后了，我看没有这个必要。

何：今年4月份《文论报》上发了一篇何满子和耿庸合写的文章，题目叫《关于当前文学的一二问题》，是谈现实主义的，您看到了吗？

高：没有。

何：那篇文章多次提到您的观点。您有的提法他们不同意。您在《文艺报》上《当代文艺的主旋律》那篇文章中说，那些不能满足时代进步需要的作品不会有影响。他们说这个说法不对。因为许多反动的作品和低级趣味的作品都流传很广，影响很大，但并不满足自己时代的进步需要，甚至还起相反的作用。他们举琼瑶、武侠为例子，还有希特勒的《我的奋斗》，以及一些庸俗社会学的作品为例子。您对这个问题怎么看？

高：我觉得这个批评很有道理。这主要是由于我自己没有把话说清楚。当我说到"影响"的时候，是专指艺术作品的影响，但是文章中没有加以界定。此外，我没有把消极的影响也包括在内。希特勒的书和林彪、江青一伙的书，不能说没有影响，更不能说起进步作用。这是事实。他们提到这个事实，我觉得很必要、很重要。我当时应当把影响限定为艺术的影响。没有限定是我的错误。在《美是自由的象征》那本书中，我把作品分为三类：一类是艺术作品；一类是娱乐术作品；一类是催眠术作品。希特勒和林、江一伙的作品，只能与催眠术作品类比而不能和艺术作品类比。至于琼瑶的作品，虽然浅薄，不失为美丽动人。金庸关于音乐、武功的想象也不无创造性。但是由于它们迎合群众低层次心理需要的特点，它们没有可能算作艺术，更没有可能产生积极的影响。流传广不等于影响大。所谓影响是指作品对于时代进步的作用。卡夫卡生前默默无闻，作品流传不广。但是他的作品，由于对唤醒人们的主体意识和改变人们的感觉方式，从而促成对生活的不同理解和对旧社会的反叛心理起微妙作用，所以具有顽强的生命力。现在有谁不承认卡夫卡是伟大作家呢？与之相反，许多时装一般一时间广为流传的作品，并不起这样的或那样的作用，所以没有什么生命力。"一声震得万方恐，回头相看已化灰。"这样的东西还少吗？所以影响力要长远来看。我这是随便说说，不是针对他们的文章说的。他们的文章我还没看，准备最近借来看看，有必要的话，可以写个答复。何满子和耿庸我都不认识，但是看过他们写的许多东西，对他们一直很尊敬，很愿意借这个机会同他们交换一下看法，向他们请教。

何：近两年来，您连续发了一批文章谈现实主义问题，有人就怀疑您不再支持新潮文艺了。今天的采访可以说明，事实根本不是那样。希望您以后能多谈谈这方面的问题。

高：把现实主义同现代主义对立起来，是一种普遍的误会。从当前现实出发，我们中国迫切需要文艺领域的各种新形式。因为新形式的探索，总是伴随着新的思想方法和新的对事物的感受方式的试验。这种试验是我们思维空间的开拓和存在方式的更新的特殊途径。事实上，每一种新的艺术形式的出现，都是对大一统传统文化的挑战，具有深刻的现实意义，都应当竭诚欢迎。问题是我们不要避难就易,在严峻的现实面前怯阵后退,把它弄成神秘高深、虚玄莫测、谁也不懂,因而不起社会作用的个人游戏,而同荆棘丛生的现实主义道路相背驰,以至于以脱离现实为"现代"。以愈是脱离现实为愈是"现代",结果是在为艺术而艺术的名义下,逃避了一个作家在艰难时世应负的道义责任。这不是说作家、艺术家有权以天下为己任,有权充当什么人类灵魂的工程师,而是说他起码应当像其他人一样有一分热发一分光。即使不能够给别人以温暖和鼓励,最起码也要能呐喊出自己的痛苦和悲哀,使人们惊醒和想到应当着手改变自己的生活。而不是致力于把人间的黑暗空灵化为诗意的朦胧,或者用一些奇异的古老的故事,甚至一些毫无意义的拼图游戏,来转移人们对于最迫切的现实问题的注意,使人们将就凑合着就这么过下去。这样的作品,至多只能流行一时。只有那些能深刻地影响历史进程的作品才具有伟大的生命力。我这样认为。你说呢?

文学可以是商品吗？
——再答《青年作家》问

问：高老师，您新近在《中国文化报》上发表的《看客的文学》和在《文汇报》上发表的《话到沧桑句便工》两文中，热烈地呼唤作家的社会责任感和历史使命感。但是现在许多青年作家，仍然热衷于搞形式主义的东西。您对这个问题怎么看？

答：文艺创作就要用自己的激情、自己的灵魂力量去点燃别人的激情，去摇撼别人的灵魂，所以如果没有激情，如果是灵魂缺乏足够的热和力的人，是不能成为大作家的。那些冷静地制造出来的形式，只能算是物质生产而不是精神生产。现在外国的一些大时装公司，有些新设计的时装只做一件，因为多了就不值钱了。那式样也许很新、很别致、很美，其中也凝聚着设计师的心血，但那毕竟只是消费品。而一件精神的产品绝不仅仅是消费品，它也不断激发出新的精神。正因为如此，它才是不朽的。把文学变成物质产品，我认为，这是同当前商业浪潮的冲击分不开的。如果说通俗文学是低档商品的话，那么形式主义文学则是高档商品。现在是一切都商品化的时代，它的流行是不足为奇的。

问：目前文学艺术商品化的呼声甚高，理论界也有人开始提倡"为学术而学术"，您对这个问题怎么看？

答：在终极意义上，任何学术、任何文化，都是人类追求进步的手段，都是人类用以推动历史进步的工具。"为学术而学术"的提法，只有在这样的意义上才是正确的：它是反对为眼下直接的和局部的实用价值而牺牲它的这个更根本的学术价值。为文学而文学的理论，在其最高层次上也应该是这样，它应该是同把文学实用化、商品化的那种观点相对立，而不是同文学的社会责任感相对立的。

问：但是在您所有的文章中，都贯穿着一个要求作家关心现实，投身于时代潮流的主张和反对知识分子清高、超脱，要求知识分子致力于社会进步的主张，这是否是另一种实用性呢？

答：我是在文化价值的终极意义上提出这些要求的。并非一切脑力劳动者都是知识分子。如果说是，那么，这里应当区别两种知识分子。一种是思想型的知识分子，或者说是理论型的知识分子；一种是技术型的知识分子，或者说是操作型的知识分子。后一类知识分子把知识当作一种职业、一种谋生的手段。脑力劳动同体力劳动一样，都是可以出卖的。对于出卖劳动力的人来说，卖给谁都是一样的。即使受到压迫和剥削也不能对之进行思考。因此这种类型的知识者较少与社会发生冲突。正如有人所说：知识分子可以为资产阶级服务，也可以为无产阶级服务。因为他们必须依附于什么社会力量。否则，皮之不存，毛将焉附。这句话道出了知识分子的弱点，道出了对知识分子的蔑视，但同时抹杀了精神文明的价值。为了强调这种价值，应当把创造这种价值的知识分子和操作、应用和管理前此积累的知识财富的技术人员区别开来。把前一种人称为知识分子。把后一种人称为技术专家。一般所谓技术专家是指理科工艺方面的人才，其实文科的一大部分人也应包括在内。

回归，还是出发？

问：您所说的精神文明的价值，具体是指什么呢？

答：一个民族、一个国家，也像一个人一样，需要一种自我意识，一种超越自身的批判精神。如果没有这种精神的照耀，他就会在黑暗中迷失正确的道路（所谓正确，在这里是指有利于人类的生存和发展）。说知识、技术就是光明，这话并不对。纳粹德国的科学是很发达的，但政治极其黑暗；工业污染、生态平衡的破坏等等也是技术操作带来的后果。所以，科学知识必须同人文精神相结合，才能有益于人类。人文精神有时也可能异化（例如某些宗教信仰），但完全没有人文精神也是一种异化。极端的非理性和反文化，什么伦理价值都不要，人也就异化为动物了。感觉只能把握二维，理性才能把握多维，所以感性动力的发扬并不与理性精神相冲突（它只是与僵死的理性结构相冲突）。所以不能任何理性精神、任何人文精神都不要，而光讲经济效益。光讲经济效益就会导致这样的后果，随着物质商品世界的愈是增值，人的精神世界愈是贬值，从而人们就会唯利是图、冷酷自私、损人利己、心狠手黑。没有任何羞耻心、同情心、正义感和道德情操，现在假酒假药、买空卖空、拐骗妇女、见死不救之类已经很流行了，难道还不足以引起我们深思吗？如果连一个超越于这种现象之上，对这种现象进行思考和批判的人也没有，那么社会生活就会陷入一片黑暗和混乱之中了。所谓知识分子，应当是一个民族、一个国家超越自身的自我意识和批判精神的代表、精神文明的代表，是一个社会有机体的思维器官。他们不仅具有知识和技术，而且把自己的活动，同人类存在的价值目标联系起来。在我看来，这种联系的能力也是一个作家艺术才能的组成部分。

问：技术型知识分子靠技术操作生活，那么思想型知识分子靠什么生活呢？他们不创造直接的实用价值，他们的作品没有直接用处，人们没有他们也照样生活下去，谁有义务来养活他们呢？

答：假如他们的贡献同技术专家的贡献一样对社会进步是必不可少的，那么一个文明的社会就应当按照他们的贡献给予报酬，这是一个社会制度的问题。知识分子的处境如何，也是一个政权、一种制度文明程度的标志。1987年有人说，我们没有必要供养一些人来骂我们。说这种话的人不知道，一个国家，如果没有一种超越于政治实用主义之上的批判精神的监督和引导,是必定不能持久的。任何不讲道理、单靠武力来维持的政权,如果不改革,是不能持久的。而改革也就是开放,包括各种思想禁区、理论禁区的开放。在这个意义上,言论自由的大小,不但是一个国家生命力强弱的标志,也是我们改革是否有效的标志。

问:您认为文学家属于哪种类型的知识分子?现在诗人、作家做生意,同时既是老板又是诗人、作家,这件事您怎么看?

答:类型的划分不是绝对的,不是非此即彼,爱因斯坦的物理学和反纳粹是两码事,兼而有之,这不矛盾。诗人、作家经商,也是。任何人都有选择自己生活方式的自由。但是,经商是一回事,把文学作品当作商品来看待又是一回事。后一个问题是一个关于文学本体和文化价值的看法问题。文学是文学,不是商品。在商品拜物教中为金钱所奴役,同在政治拜物教中为权势所奴役并没有什么实质的不同。两种情况都同样是文学的失落和文化价值的错位。

问:但是在我们中国,政治、经济、文化和文学从来都是纠缠在一起的。

答:对,马克思说经济是基础,政治、文化是上层建筑。经济决定政治、文化，存在决定意识；往往不幸弄反了，是政治决定经济，上层意志决定人民生活。现在不那么说了，但政治和经济又以另外一种形式，即所谓"官倒"的形式纠缠在一起。"倒爷"是我们的"当代英雄"。特别是"官倒"，禁而愈多，就因为它有官的背景，有政治基础，有新闻制度的保护伞，难道人们不应当对作家们寄予更多的期望吗？

问：前不久，在《人民日报》上与刘再复的对话（《文学与艺术的情思》）里面，李泽厚说，"我们正处在两代人中间，一方面觉得我们走得太远，一方面则觉得我们太保守，我不管两个方面的责难，走自己的路。对那些水平不高而骂倒一切的年轻人要说些话，但对张艺谋这种有真才能的新秀，则要支持。"你赞成他的这个态度吗？现在普遍有一种看法，认为你们这一代人，即五六十年代开始文学活动和理论活动的这一批人，同现代的青年作家们有很大的不同，同老一代也不同。您认可这里面有代沟吗？

答：代沟可能有，但不能绝对化。更不能以出生的先后，来论断进步的程度。例如，我认为，康有为、梁启超、谭嗣同、秋瑾那些人，就比我们今天许多青年作家、青年学者们要进步得多。但是另一方面，青年们水平高低才能真假的尺度，也不是掌握在我们手里。这里面有许多与"代"无关的因素，不能不考虑进去。今年以来，李泽厚先后发表了三次对话。一次是在《文学报》上与蒋勋的对话；一次是在《文艺报》上与于建的对话；一次就是您刚才提到的，在《人民日报》上与刘再复的对话。三次对话，都提到了青年问题，但三次所说的意思，却又不尽一致，所以我们不要看得太认真。

问：可以谈得具体一些吗？

答：在与中国台湾学者蒋勋的对话中，李泽厚说，当代中国的美学研究，从来未受到过政治批判。他说因此，50年代是三派，现在还是三派，一派是朱光潜，一派是蔡仪，一派是"我和一些年轻人"。看来，在不了解情况的海外学者那里，他还是愿意以青年代表自居的。但是，在国内，当《文艺报》记者问他对青年的挑战有何感想时，他说，第一，青年们批评他是因为懂得广告心理学；第二，"如果真是打不倒我便不能前进，那我为此深感骄傲"。他声称，他是越挨骂越起劲，不怕得罪一大批人，并要记者为他保存骂他的资料，等他出国回来"再干一仗"，这就不是"青年代表"说的话了。所以我们别太认真。

1983年那阵子,他多次表态反对人道主义,在《瞭望》上还说他从来一贯反对人道主义。讲美学现在是讲主体性,这同他50年代讲客观性与社会性已经很不相同。变化是好事,变化就是发展,用不着装作一贯正确。更不能为此而歪曲历史,说解放以来美学领域从来没有进行过政治批判。国难当头,这样过多地考虑自己的荣辱得失,不好。我担心,当改革进行到一定的程度时,知识分子自身的这些心态弱点,将成为消极因素。

问:再问一个问题,最后一个问题,您不赞成李泽厚关于建国以来美学领域没有进行过政治批判的说法,可以谈得具体一些吗?

答:新中国成立以来为数不多的几次学术讨论,都是开始时宣布执行"双百"方针,结果变成政治批判,以政治判决而告终。特别是在美学领域,这种情况更为突出和严重。50年代对朱光潜先生的批判,早已上到了政治的纲上。朱先生一而再,再而三检讨《我的文艺思想的反动性》,还是扭住不放。对胡风先生的批判更完全是政治性的。结果是无数人被捕,无辜地在监狱里度过二十几年。"文革"时期就更不用说了,林彪、江青、姚文元一伙炮制《纪要》向文艺界开刀，首先就是从美学领域的政治批判入手的。他们把别林斯基、车尔尼雪夫斯基、杜勃罗留波夫当作"文艺界黑帮"的祖师爷来批，从无差别境界论、中间人物到形象思维论，再到"为什么审美的鼻子伸向了德彪西？"连那些最为四平八稳、离政治十分遥远的命题都批到了。这是刚刚过去的大事，人人都亲身经历过，抹不掉的，斯大林为了抹掉别人突出自己伪造的联共党史，现在已开始纠正。连他都办不到的事，谁能办到？

　　问：是的。这是历史问题，也是现实问题。因为这样的历史，还没有完全过去。所以两代人之间，心理上容易产生隔阂。我觉得，在《文学与艺术的情思》这篇文章里，既有隔阂，也表达了中年学者们对青年一代的关心和爱护。总不失为对话的一种方式。文章最后一句，刘再复同志说得好："但愿青年们知道我们是爱他们的。"这起码是一种良好的愿望，您说对吗？

　　答：对吧。

（据1989年8月16日录音整理。）

话到沧桑句便工

——关于现实主义文学的一些思考

1. 问题的提出

艺术表现主观情感；科学认识客观真实。现实主义文学处在二者的交叉点上，一直是理论研究的难题。由于它的艺术性，庸俗社会学者无法理解它；由于它的科学性，各种"现代主义"理论和"为艺术而艺术"的美学都不承认它是艺术。特别是新时期以来，读者对描述性艺术的要求相对减弱；作家们纷纷"向内转"，由关心外在的客观世界转向更多地关心内在的主观世界，更多地通过个人意识的折射来"表现现实"，而不大重视客观的检验。文学中的典型形象和情节因素都淡化了，象征写意、荒诞魔幻、文化

回归，还是出发？

寻根以及各种各样的"玩儿文学"如雨后春笋。在如此流派林立、五彩纷呈的美学现象中，有人说"现实主义过时了"，"现实主义是非艺术"，主张用现代主义取代现实主义，并得到较普遍的响应，是毫不奇怪的。

我对现代主义抱着深刻的同情。从世界文学史上看，每次现代主义潮流的兴起，都是社会动荡的前兆。法国大革命前夕西方的狂飙运动，十月革命前夕俄国的先锋运动，都是以蓬勃生机向着腐朽传统猛烈冲击的新时代的浪潮。渴望变革的我们，对之具有无限的向往之情，是不言而喻的。

但这不等于说，现实主义文学就没有革命性和批判性，或者它的冲击力不如现代主义强大。问题在于，当代中国还不曾有过真正的现实主义文学。我们刚刚经历了一个每个人都必须以说假话来求生存，说假话的能力作为生存能力被普遍地培养起来的时代，并且那个时代还没有真正成为过去，说假话的习性不可避免地也深深地渗透到我们的文学之中。以至除了极"左"路线强加给我们的那种所谓现实以外，当代文学中几乎从来没有过真正的现实。即使有一点，也在各种清规戒律的钳制和说假话的风气中日益萎缩和蜕变了。这样的文学，已经不能算是文学。在这种情况下，把现实主义当作传统来反，是无的放矢。这是一方面。

另一方面，现在言路稍有放宽，有些真话允许说了。正是那些过去要求"文艺为政治服务"，把真诚的艺术良心当作资产阶级反动思想来批判和打击的人们，现在又在鼓励为艺术而艺术、反对文艺关心现实干预生活，说文艺问题不在他们的公文包里了。这绝不是偶然的。大家反对现实主义，主张超脱和清高，表面上看起来是逆反心理的表现，实际上恰恰是符合了这些坚持极"左"路线者阻挠文学越过有限宽松的范围、进入深刻生活真实、影响"社会安定"的需要。表面上看起来是文学的新思维，实际上是文学又一次被非文学的力量所操纵。

本来，在文学艺术的领域，我们应当听任不同流派自由竞争、自由发展，而不必扬此抑彼。我之为现实主义辩护，是因为当代文艺界对于现实主义的反感，恰恰是由于不了解现实主义，是由于现实主义长期以来一直被压制、被歪曲和变形的缘故。压制、歪曲和变形，是通过硬性规定某种创作方法来实现的。这种单一的方法论，取代了现实主义精神。现实主义文学自我复兴的契机,首先在于同这种单一的、给定的、强制性的创作方法划清界限,从桎梏中挣脱出来。理论界首先应当认识现实主义精神的实质和它的意义与价值,而不是仅仅沉湎于创作方法、艺术形式、历史变迁、语义结构等等的技术性探索。

2. 什么是现实主义精神

"现实"概念具有多义性,它可以指一种态度,也可以指一种实在。此外,雨果的宏观现实不同于契诃夫的微观现实,纪实文学、报告文学的表层现实(具体人物、事件的陈述)不同于小说、散文的深层现实(文化意识、心理活动和历史潜流的探索)。但不论怎么说,所有这些应用在文学上的"现实"概念都起码具有如下三个基本特征。

第一是它的社会性。如果说,确实存在着"非社会化"的所谓纯文学的话,那么至少现实主义文学不是这样的文学。现实主义文学必以社会关系、历史发展的动向和人在其中的个体经验为出发点和对象。那些细微地描写自然景物的作品并不必然地由于它描写的真实性而成为现实主义作品。相反,大自然往往是诗人们逃避现实的场所。流沙河的《草木篇》和高尔基的《海燕之歌》并没有逃避现实,那是因为其中自然景物及其运动是人和社会生活的象征。我把它划归到现实主义的范畴。

第二是它的当代性。过去的事物不是现实,那仅仅是历史。除以古喻今者外,纯粹的寻根文学不是现实主义文学。未来的事物不是现实,那仅仅是可能性。所以科幻小说不是现实主义文学。所谓现实,也就是当代现实。但是这里所说的事物的当代性,还有另一层意义。历史是运动着的世界,从运动中抽象出来的静止事物或片断事物不具有现实性。在这个意义上,"当代性"这一概念并不仅仅是一个时间概念。凡是与人类在此时此地的处境和命运有关的一切都是当代的。遥远往古的风物人情与蛮荒绝域的异国情调可能与我们无关,也可能与我们有关。例如在作为参照系或象征讽喻的意义上就与我们有关。另一个方面,那些逃避现实的作家不仅可以逃避到古代或异国的文化境界中去,也可以逃避到当今流行的生活方式如养鸟、钓鱼、文字游戏等等中去。而这一切都没有独特的当代意义。

第三是它的真实性。有人说,只有语言的真实,或者感觉的真实,没有客观真实。有人说,真实并不是唯一的，所以它的客观性无法证明。这些说法各有各的道理，都可以讨论。但是，就现实主义文学来说，起码是以承认客观真实的存在为其理论前提的。客观真实有许多方面。例如有模仿说、镜子说和自然主义作品所强调的物理真实；有生命哲学和神秘主义作品所强调的心理真实；也有语义学派、部分结构主义者和部分纯文学论者所强调的形式的真实或语言的真实；如此等等。《列宁在1918年》这部电影，从文学的角度来看，想象力丰富，也不缺乏语言的或感觉的真实，瓦西里的形象很生动，列宁的形象很逼真，硝烟弥漫的气氛使人如身入其境。结构分析、语言分析之类所谓"审美的批评"，还可以说出更多的优点。然而正因为如此，重大的根本问题——伪造历史，反而被忽略了。郭沫若《李白与杜甫》所引用的李杜诗句，钱学森论证亩产可以达到五万斤所引用的数学物理公式，不也都是同样的真实吗？

用小真实构成大虚假，是荒诞派可以使用的手法。如果一个荒诞派作家，企图这样来揭露现实的荒诞，那么他就是一个具有现实主义精神的荒诞派作家了。当然他有可能受骗上当，看走了眼或者判断错误，那是观察力的问题，不是真诚问题。不能否认他的努力是一种文学的努力（成功与否是另一个问题）。如果作为作家而没有一个真诚的出发点，那么他的写作就必然具有文学以外的目的。不论这个目的是什么，名利地位也罢，撒娇献媚也罢，都与文学无关。假如一种文学理论不能把这些东西从文学中排除出去，那么这种理论必然是不彻底的，因而是无效的。

3. 说真话和写真实——主观的真实和客观的真实

现实主义文学理论为要达到彻底，不能不把表现在作品中的真实，区分为主观的真实（即说真话）和客观的真实（即写真实）。不说真话而能写真实者，旷古未有。与说真话原则相联系的是思想性原则。思想的深度、力度，对作品的文学价值绝对是决定性的因素，具有深刻的思想性是所有世界名著共同的特征。不过这是一条评价标准，不是分类原则，这里就不说了。提到它是因为，表层真实和深层真实之间，有一段遥远的路程。有时前者是后者的否定。只有凭思想的力度，才能越过这段距离。

有人说，精神这东西太抽象了，不能精密测定，也无助于技术操作，不能作为一个文学流派的特征。

回归，还是出发？

现实主义文学的特征在于它创作方法和艺术形式的独特的规范性。例如，可以根据具象还是抽象、形似还是变形，来区分现实主义文学或是现代主义文学。凡是具象和形似的都是现实主义文学，凡是抽象和变形的都是现代主义文学。这个区分是明确的。但它把现实主义文学封闭在一个狭小的领域里了。由于这个领域是由概念给定的，我们宁可把它看作是一种"名词的蛊惑"或者"语言的牢笼"。

现实主义文学是开放的，也像各种非现实主义文学一样，可以有不同的表现手法和不同的艺术形式。而它的形式和它的内容是统一的、不可分割的。许多抽象和变形的作品，例如卡夫卡的《地洞》《变形记》，奥威尔的《1984年》《动物农场》等等，都由于具有强烈的现实主义精神，典型地和深刻地揭示了严酷的历史真实而成为伟大的现实主义作品。而它们所采取的抽象形式和变形手法，恰恰是从揭露现实的内在需要和所揭露的现实的客观本质产生出来的。不这样便不能反映出如此深刻的异化现实。与之相反，许多具象的、"不变形"的作品，例如当前大受欢迎广为流行的琼瑶的许多作品，虽然情节安排合乎逻辑，性格塑造和心理描写合乎规律，背景也从不离开世俗的人间，但这一切都只是构成了一些虚无缥缈的美丽梦境，使读者在回肠荡气中背向现实，远离现实。这样的作品，绝不能说是现实主义的作品。

另一种反对意见认为，现实主义文学与非现实主义文学应当根据题材来划分，现实主义表现社会的痛苦、黑暗、丑恶；一切欢乐的、高雅的、美丽的东西，都是浪漫主义的题材。从文学现象来看，这种意见有它的事实根据。因为现实生活中确实充满着痛苦、黑暗和丑恶，一切欢乐的、高雅的、美丽的东西，乃至一切表现它的艺术，都带有梦的成分。但是现象的描述并不是理论。如果没有现实主义精神的引导，黑暗、丑恶、痛苦乃至恐怖都可以成为逃避现实的场所。例如在爱伦·坡那里就是这样，等而下之许多惊险、恐怖故事都是这样。它们绝不是现实主义的作品。与之相反，在现实主义精神的引导下，即使是梦、动物世界、神仙鬼怪、远古神话、蛮荒绝域的异国情调，都可以成为我们介入现实的楔子。

现实主义文学塑造形象是以典型化的方法为特征的。这一点把现实主义文学同报告文学、纪实文学区别开来了，通过一方面扬弃具体现象的特殊性，使具体现象呈现出普遍意义；另一方面又扬弃普遍意义本身的抽象性质,使普遍意义在感性具象中呈现出来,形成一种宏观的历史概括。以价值取向为中介,在其中一切过程的片断和事物的细节无不由于纵横交错的互相关联而呈现出它的典型意义。如果没有思想,片断和细节就会经由观察者的心理感受与整体世界产生距离,所以现实主义文学的典型性远不仅仅是一个创作方法的问题,而且也是一个价值取向的问题。

美学不应当假定形式、结构、语义、逻辑体系等等是与现实生活相分离的独立的符号世界。艺术,特别是文学,并不是一个与现实世界无关、在其中可以逃避现实世界的符号世界,相反,它是活生生的、感性的现实生活的一部分。许多人以为讲审美的评论就是讲纯艺术、纯文学、纯学术,就是非历史化、非社会化、非现实化。甚至批评某些有现实感和历史使命感的作品"参政意识强烈""启蒙压倒文学",这种意见,即使是针对一般文学艺术而言也是不正确的。对于现实主义文学就更是错误的了。

4. 是过时了,还是尚未开始?

现在流行"现实主义过时"论。这种理论所表现出来的对于前一个阶段普遍流行的假现实主义的厌恶情绪，我理解。但我认为就当代文学而言（不涉及文学史），与其说现实主义过时了，不如说它还没有真正开始。"伤痕""反思"等等，还都十分怯生。有意无意地把浓厚的血腥稀释化为淡淡的脂痕，把沉重的羁轭空灵化为朦胧的诗境。连"大墙"都失去了固有的厚重，被写成了爬满野花、时不时有蝶影蹁跹的篱笆。挖掘太古洪荒，追踪虫鱼鸟兽，耍弄无内容的形式，无标点、无语法甚至根本看不懂的文字，成为风气。越看不懂越像高深。作高深状，作超越状，作玩儿状，作潇洒状，作颓废状，作禅意状，作冷漠状……成为时尚。"三寸金莲"已有人玩，两性文学呼之欲出。总之什么都有，就是没有真正的现实主义。

不能仅仅把现实主义文学的缺席及其理论上的困境，归因于没有言论自由。当然禁区很大，但这只是客观。从主观方面来说，作家们缺少主体意识，缺少真诚和勇气，也是不可忽视的原因。新开放的禁区虽小，谁曾进去开垦？言论自由越少，越该充分利用。总是留有余地，或不知道拿这点自由怎么办，只能用来"玩儿"。这和客观有关，但不全是客观。形式日新月异，探索活跃不息，而恰恰离开了最沉重、最刺心、最迫切的社会问题，因而多少有点油腔滑调，甚至痞气十足，能说和主观精神无关？

当然，一代文风的转变，不仅是作家的事情，也有赖于社会关系的变革和整个国民素质的改进。但是作为一个作家，起码要有致力于改变的愿望。本来，深重的民族灾难，正是文学发展的有利条件。"国家不幸诗人幸，话到沧桑句便工。"没有这个愿望，不但是放弃了我们文学发展的客观优势，无形中也加强了那个驾驭和控制我们的力量。改变这种心态，回归到充满灾难和痛苦的大地，从此时此地的切身感受出发，是现实主义文学重新崛起的前提。我相信这不仅仅是我的愿望，也是一种现实的趋势。因为现实的苦难是一股巨大的地心吸引力，它终将迫使我们回归大地。

（本文原是1988年5月作者在王元化先生主持的中华全国文艺理论学会第五届年会上的发言。1988年6月14日、15日《文汇报》连载时有删节。同年第6期《新华文摘》转载时，根据原稿做了补充。收入本书时，文字有修订。）

答《当代文艺思潮》杂志社问

记者：高老师，您最近发表的《人道主义——当代争论的备忘录》一文，影响很大。但是有人说，现在提倡科学救国，而不是人道主义救国。您对这个问题怎么看？

高：科学、文化与生产力的发展，需要一个民主、开放的社会环境。为此，一方面需要改革，一方面需要启蒙。为改革，必须启蒙。只有唤起民众，改革路线才有保证。讲人道主义，是启蒙工作的一部分，所以也有利于科学的发展。再说，在科学技术的上方，高悬着人类的目的，忘记了这个目的，科学技术就会异化。人道主义研究有助于树立人们的主体意识，使科学技术成为实现人类目的的工具。而且，从唤醒人们的主体意识与创造热情、使每个人成为社会进步的动力中心的意义上来说，人道主义宣传也等于是另一种能源开发。

记者：不是说学者们只有超出于一切现实纷争之上，才能潜心研究吗？

高：学术研究要取得成果，首先必须有自由探索的权利。如果没有这个权利，那么第一步就是要争取它，这就是所谓现实的纷争。

记者：在1986年的新时期文学讨论会上大家发言和讨论很强烈，有一种理论强烈否定新时期文学，您对此有什么看法？

高：当前，中国美学正在突围——力图从传统文化意识的重重束缚中挣扎出来，向新时期转移。这种转移，早已在传统美学内部悄悄地开始了。持传统观念的美学家们早已在修补自己的观点，有的至今已修补得几乎面目全非，但仍然不能越出传统文化意识的大限，所以整个文艺界，特别是文艺界的青年一代，有感于理论研究和创作实践的困境，普遍萌动了一种突围意识。他们的理论，相对于传统理论而言，不那么严谨，不那么厚实，不那么全面，但却鲜明、锋利，充满活力，充满野性，如生马驹不可控捉，一下子就挑开一个缺口、一片空白，展现出一角未知和未来的天野。"晴空一鹤排云上，便引诗情到碧霄"，有一种振奋人心的力量。对于长期令人窒息的环境，其挑战性是很强的。相形之下，传统美学的严谨和周延，就更显得僵化和沉重了。

学术性应当加强，这是毫无疑问的。但是我们也要看到，如果没有目的意识，学术就不能为人类进步服务。在我国，学术这东西，往往成为知识分子们的避风港。有清三百年，学者们"避席畏闻文字狱，著书都为稻粱谋"，在各种各样的训诂章句、校勘索隐、考证注疏，声韵学、金石学、文字学等等之中，逃避了当时最刺心的社会问题。学术不可谓不发达，但社会进步完全停顿。我认为应当抛弃这种于社会进步无补，甚至以牺牲社会进步为代价得来的所谓纯学术。学术价值与历史进步的价值不应当互相矛盾。历史进步是一切价值的根本尺度，学术价值也不例外。为了历史的进步，有时候不得不放弃一时一地的、具体的、局部的实际需要，这一点不能成为非历史化的所谓"纯学术"的借口。置身在重重的束缚当中，我们现在所要的是具有突围意识的真正的猛士。钻个文化牛角，搞点不着边际的学术争论，"纵然一夜风吹去，只在芦花浅水边"，以为深刻，以为"层次高"，那不过是"沉重的翅膀"而已，那不过是"男人的一半是女人"而已。

记者：您认为片面性比全面性好吗？

高：我认为宁要深刻的片面性，不要浅薄的面面俱到与四平八稳。这就像一支被包围的军队，只能有一个突破口。

记者：那么您同意对新时期文学的否定性评价吗？

高：不完全同意。欣赏这种突围精神，不等于同意那些具体观点。我认为评价一个时代的文学现象，不能忘了产生它的历史背景和社会条件。衡量一个人走了多远，不能忘了他的起点。就当代我国的具体情况和文学的社会效果而言，如果没有诗人、作家们为启蒙工作所做的巨大贡献，单凭社会科学工作者的努力，中国人民的思想不会解放到目前的程度。为了这个，我们应当感谢作家们。这不是说已经解放够了，也不是说新时期文学没有缺点。解放刚刚开始，缺点十分严重，但就新时期文学的整体而言，不能一概否定。情况是复杂的，应具体分析，也应有基本估计。

记者：您同意非理性主义吗？您同意非理性同理

性根本对立的观点和文学作品根本没有理性可言的观点吗？

高：回答这个问题，主要困难在于概念不明确。何谓理性？何为非理性？都不明确。比方说教条主义、个人崇拜、封建道德，这些都既可以说是僵死的理性，又可以说是非理性。两个名词在这里是通用的。如果把理性界定为合乎逻辑的和系统的思想的话，那么许多著名的非理性主义者，像尼采、柏格森，也都可以说是理性的，因为他们的观点并不自相矛盾。与之相反，那些逻辑地遵循着严格的推理，结构宏伟而以理性著称的学说，像牛顿和黑格尔的学说，由于它的荒谬的决定论，由于它对规律和定理的崇拜，由于它的虚假的圆满性和包罗万象性，也可以说它实际上是非理性的。封建意识化了的儒家学说也是这样。所以具有封建意识的中国人和受儒家文化影响极深的中国人，特别容易接受黑格尔一类的学说；而对于许多科学哲学家、分析哲学家、实证主义者则不那么容易接受，虽然后者也以严格的逻辑著称。后者讲偶然性，讲机遇，讲概率，不追求完成式，不追求圆满的终极答案，而把局部问题之间的整体存而不论，同儒学理性的传统观念很难兼容。但后者既可以说是非理性的，也可以说是更深刻的理性。因为对于人类来说，理性并不是目的。理性本身不过是人类探索前进道路的工具，有用就好，没用就不好。

这本是很明白的道理，但是由于理性和非理性这两个概念的含义都不明确，不容易说得清楚。特别是，如果我们批判的对象是封建专制主义及其现代翻版极"左"路线的话，使用非理性主义这一名词作为武器更是软弱无力。从理论上来说，用非理性主义不能批判非理性主义；从实践上来说，中国人不能理解和接受非理性主义的批判，至多只能造成冷眼旁观。

为突破封建意识形态大一统的包围，我们需要有反传统、反模式、反框架、反体系、反结构、反一元化的突围意识。但是用非理性主义这一工具并不能突围，相反地反而会陷入更深的重围。何况我们现在所说的非理性主义，有些也还是外来观念的翻版。突围需要动力，我们的文学艺术被异己的外力支配和操纵得太久了，所以需要一种内在的动力。这种动力只能是我们现实的感性生命力。人类的感性生命力不同于其他动物的感性生命力之处，是因为它在自己的发展过程中历史地创造了方法论意义上的和文化心理结构意义上的"理性"这一行动工具。所以理性并不是

答《当代文艺思潮》杂志社问

感性的对立面，作为人类生命力运行的特殊工具，理性也同科技、文化等等一样，是人同外间世界发生关系（比方说主客体关系）的中介手段，是人类通过概念运算，通过符号操作满足自己需要的一种方式。换句话说，理性是人自己感性生命力运行的独特方式，而不是外在于我们和我们必须遵循的操作程序或操作规范。现在在这一点上我们还没有共同的认识。我看12月10日《中国文化报》第三版上李泽厚的发言，说中国需要理性而不是非理性，说理性就是规则、规矩等等，仍然是从理性和非理性的对立来看问题，仍然是把理性看作是外在于我们制约我们的力量。这显然是错误的。规则、规矩等等，以及规律、定理等等，可以是客观的，也可以是我们创造出来的和我们必须遵循的，但它毕竟不等于我们自己的理性。理性要成为我们自己的，就必须与感性相统一。把二者混为一谈，必然导致用整体来否定客体，用结构来限制动力，用义务来压制权利，用过去规范未来，用现实性来抹杀可能性，用历史的积淀物来埋没不断萌动的生机。使用非理性主义这一意义不确定的术语，容易纠缠不清。我主张用以感性为主导的感性与理性的统一的提法，来代替非理性与理性相对立的提法。感性具有动力性，理性具有结构性，二者统一而又以感性为主导，就可以既保证美学研究和文艺创作的开放性和进取性，又可以避免它的盲目性和内耗性。但是我要强调指出，这种与感性相统一的理性，已经不是原来意义上的那个理性了。

记者：您所说的"感性"，与"理性"和"非理性"的关系是怎样的呢？

高：人类的感性是以理性为行动工具的，所以它包含着理性。现在是为了给理性以一个限定的意义，所以把它同感性相对应地看待。这个意义上的感性也就是非理性，亦即不是理性。为什么不直接称之为非理性，因为说某物不是什么不等于说出了某物是什么。何况不是中有是，是中又有不是，把它们之间的思辨的抽象的对立作为理论根据是理性主义和非理性主义双方共同的弱点，其所以是弱点就因为在其中理性和感性都被阉割了。没有感性的理性是僵死的理性，没有理性的感性是盲目的感性。我反对用异己的僵死的理性结构来束缚感性生命力的活跃，但我也不认为在任何社会历史条件下毫无理性可言的感性冲动能够引导人类走向光明，能够帮助个人实现更高的人生价值。理性是人创造出来的当作工具使用的东西，所以应当使用它。有这个工具比没有这个工具好，正像骑马比走路好。问题是不能把手段变为目的，让马来驾驭人。人应当根据自己的需要来选择马或创造车子，而不应当盲目地被马或车子带着走，车马可以不断更新，但人类要前进，这一点不会变。

如果上述比喻能够成立，如果能够把与感性相统一的理性比作被人类驾驭的车马，那么我们也可以把所谓纯粹理性或者说与感性相对立的理性比作独立于人的车马。或者比作一条路。只要我们前进，脚下就会出现一条路。无数行人过去了，茫茫岁月消失了，而人类的经验、知识等等却沉淀、积聚下来，形成规范，形成法则，形成文化心理结构，于是就有了路。路是由于人前进而诞生的。它不论多么宽广，比之于大地总还是极其狭窄的。如果道路自动延伸而迫使人们为它而走，那么这就是人的异化。我反对异化，所以我反对迫使人们不得离开某一道路，挤在某一道路上抢攘争斗而不敢涉足于广阔大地的所谓理性主义。道路并不神圣，是道路为人而存在，不是人为道路而存在。当人往前走的时候，他一方面是在扬弃道路，一方面是在创造道路。如果我说应当反对理性主义的话，那么这仅仅是说，应当反对那种把道路当作目的和主体而把人当作手段，即把道路当作目的而把人当作工具的那种理性主义。

总之，我认为，理性必须与感性相统一，成为感性的工具（或者说行动方式），而感性也必须有这一工具（或者说行动方式）并因能拥有这一工具而体现自身的发展。中国传统文化的一大特点就是要把这两者割裂开来，"积淀说"在荣格和贝尔那里带有浓厚的感性成分，一到中国，就变成了驾驭感性的羁绊，变成了用群体否定个体，用过去否定未来可能性的理性统治的代名词了。只此一点，也可以看出传统力量的强大。我们现在反传统，正是要把理性和感性统一起来，而不是把它们分开。

记者：您刚才把反对"理性崇拜"和反对"规律崇拜"相提并论，难道客观规律不应给予尊重吗？

高：客观规律应当给予尊重，这是一方面；另一方面，规律也并不是绝对不可改变的。假如人类在掌握了世界发展的客观规律以后不能改变世界，那么理性也就没有与感性相统一。改变世界包括形成新的规律（例如用弓箭来进行的战争与用导弹来进行的战争，规律就不相同）。与感性相统一的理性不仅包括认识结构和知识结构等这些"客观世界的反映"，

答《当代文艺思潮》杂志社问

也包括理想、感情、价值观念、行动意志和改造世界的能力等这些现实地起客观作用的主观精神。并且只有后者及其作用后果，才是我们本体生命存在的确证。人类的感性生命之所以不同于其他动物的感性生命，之所以比其他动物的感性生命更强，就因为它有理性这一功能而更善于探索，能导致有益结果的行动方向。这就是所谓规律性和目的性的统一。人类不仅认识和利用规律，人类的行动也参与形成规律，在这个意义上"规律"既可以是客观的，也可以不完全是客观的。由于我们一般都把规律看成某种纯客观的、外在于我们、不以我们的意志为转移的力量，有时我觉得，由无数所谓规律形成的知识结构，会变成一面捕捉我们的网，以致在这个网中循规蹈矩的我们，似乎并不比在规定的模式里生活得更为自由。在这个网中，我们似乎丧失了逻辑实证的能力以外的所有其他生命力。在这个意义上，理性崇拜、规律崇拜，也同传统文化崇拜一样，是一种生命力的衰萎。美学界争论"什么是美的规律"争论了很多年，为什么不可以设想规律的根源包含在我们自己生命力之中，我们不但可以符合美的所谓规律，也可以创造美的所谓规律呢？

回归，还是出发？

"创造规律"的观念，我们很不习惯，其实这正是文学艺术应有的基本观念。不摆脱纯粹理性，即与感性疏远的，甚至反过来束缚感性的那种所谓理性的束缚，这个观念是树立不起来的。当代美学的任务之一，就是要树立这个观念。所以对于我们来说，中国美学史和西方美学史上的种种美学学说，以及包括"老三论"（控制论、系统论、信息论）和"新三论"（协同论、突变论、耗散结构理论）在内的各种新方法和新概念的引进，都不过是学理上的参照系，不过是我们借以进行追求中的中介工具。如果没有一种生机勃勃的追求精神贯注其中，从中国古典到西方现代的一切旧资料和新方法的陈列，都将成为没有意义的堆积物。一切语义结构的分析和心理过程的描述，都将成为没有铁路的站台。这不是作茧自缚，简直是努力往别人茧里钻。茧壳使我们与生活隔绝，使我们丧失了愤怒、悲哀、挣扎与突破的能力，丧失了那种植根于生命本体、表现于我们切身体验的探索精神和对于痛苦和荒诞的敏感。所以，呈现在那一本又一本为研究而研究写出来的、资料丰富的著作之中的，就只能是一些面面俱到与四平八稳，因而有等于无的观点。这种观点所表现出来的，恰恰是生命力的衰萎。我看到有许多这样的美学书和文艺理论书，它们在涉及没有招架之力的古人和外国人的观点时，显得似乎很有点批判的思维的能力，或徐缓从容，或尖锐泼辣，都俨然大家。但是一接触到当前现实，一接触到面临的围墙，就表现出生命力的衰萎。衰萎无力穿透，于是就在围墙粗糙的表层抹上一层又一层的润滑油，以免擦伤自己柔嫩的皮肤。按照教条抹，按照惯例抹，按照定理抹，按照典故抹，按照继承来的传统和借鉴来的名词、技巧抹。越抹越精细，越抹越厚实，越抹越严谨周密，越抹越系统化，越抹越失掉自我，于是困乎其中不觉其困，使读者昏昏沉沉而在昏沉氛围中傲然自得，自谓层次高，把精神力量消耗于互相轻视和互相攻讦，而没有任何突围意识。这种情况，不正是千百年来中国封建社会文人士大夫的典型心态吗？如果说现在还可以把这种心态归因于极"左"路线的高压政策的话，那么我担心将来开放到一定程度，我们知识分子自身的这些弱点将成为改革的阻力。

记者：美学界一直在争论"什么是美的规律"，您对这个问题有什么看法？

高：我们可以设想，规律的根源不仅在外间世界

（不以我们的意志为转移），也包含在我们自己的生命力之中（可以通过我们的努力加以改变）。所以我认为，有时候，规律也和理性一样，是人的工具。我们不但可以符合美的所谓规律，也可以创造美的所谓规律。例如艺术领域，那些最伟大的造型者就是这样的创造者。

记者：《美学》第六期《评高尔泰主观唯心论的美学思想》等两篇文章，您看到了吧？大家等着您的答复，为什么没有看见您的答复呢？

高：那是1983—1984年"清除精神污染"运动中个别人组织的批判稿。善意还是恶意，讲理还是不讲理，读者自有明断，何必我来多说。谢谢关心。

（这是1986年《当代文艺思潮》杂志的三校发排记录。由于该刊停刊，此稿终于未能与读者见面。在此发表，以志纪念。）

文学与启蒙

1986年底,《青年作家》发表了一小段我同北岛谈话的录音记录。很偶然地,我说起我喜欢叶文福和曲有源的诗。北岛说他们的诗技巧不好。我说,能用自己的激情点燃别人的激情就是技巧。他说,好诗应当把诗的历史向前推进一步。我说,进步离不开脚下的土地,诗的历史离不开社会的历史。他说,诗的追求不是实用主义的追求,诗应当比现实更高。我说,你们可以骄傲你们接近太阳,他们可以骄傲他们接近大地。

我的话,说得不清楚。问题是,什么是太阳?它和大地是个什么关系?两三年以来,作为对"文艺为政治服务"这一教条的反思,理论界对文学与人生的关系讨论得很多，但是众说纷纭，没有取得一致的认识。我认为，文学不是政治的奴仆。但是我不认为，因此就可以说，文学本体的追求不同于人生的追求，文学的价值可以和人生的价值无关。

后来《人民日报》安排和发表了一段我和陈思和、王晓明的对话（录音记录），谈的就是这个问题。他们说就像爱因斯坦的物理学专业和他的反纳粹立场无关，文学本体与人生现实的关系也无关。我说不，物理学的对象是物质运动，方法是观察和描述。文学的对象是人，文学是人类心灵的产物。它不仅描述，而且建构。如果物质有心灵并且会说话，就不会有物理学了。

人心不齐，有许多倾向，但不会没有倾向。即使持自然主义观点，即使文盲、犬儒、商人、主妇，都有其潜在的和自发的倾向。倾向性就是价值观，价值观的冲突就是广义的政治。亚里士多德说人是政治动物，这个政治概念就是最广义的。与之相反，狭义的政治概念只限在操作的层面（社会价值的强制性分配）。在这个层面上，教条主义的政治又只局限在阶级斗争的范围。我们反对"文艺为政治服务"的口号，也只是在这个狭小的范围内反对。这种反对，只不过是强调，写作的动力应来自内心，而不是外来的指令。

多少年了，要走出这个范围，不容易。新潮文艺的兴起，有赖于年青一代诗人、作家们共同的突围意识。北岛和他的同人们是先行者，他们的诗和他们关于诗的见解，是这个潮流的第一声春雷。也是目前流行的"回归文学本体"论的先声。由于追求美——那诗国的太阳，他们现在已经飞得很高了。但是美之所以为美，是因为它象征着我们所向往的最佳存在方式。人类追求最佳存在方式的本能，是它得以升起的杠杆。所以这个诗国的太阳也是人生的太阳。如果没有它所照耀的万事万物和此时此地的现实人生，如果在一个如此混沌迷茫的时代它不能提供一盏小小的风灯，它就等于不存在。

正如现实主义是无边的，文学本体也是无边的。设定一个界限，如"非功利性""非历史非社会性"等等，使之外化为理论规范，然后受其指令，"为文学而文学"，必不能出文学。什么叫"非功利"？如果植根于现实生活的心理动力强大到足以迫使一个人不顾一切后果地要拿起笔来写作，他的写作就是非功利的。他就愈是有可能"回归文学本体"。所谓"回归文学本体",只能是从非人的东西向人回归,而不是相反,把文学本体当作外在于人的东西来追求。

文学的价值,在于创造。文学创造的价值,在于能以自己灵魂的力量,去摇撼别人的灵魂。如果创造出来的任何东西都是文学,何来文学本体?如果灵魂孱弱甚至没有灵魂,何患乎非文学的指令?后者不光来自教条,也可以来自各种潮流的召唤。"表忠心"情结、"没有主义"情结、"走向世界"情结……都是文学的杀手。有那么多人不遵守语法,写作谁也看不懂(我怀疑作者自己也不懂)的东西,无异于买空卖空。有那么多编辑发表没有看懂的东西,是一场文字的灾难。许多宝贵的才华,由于诺贝尔情结压倒了对暴政的仇恨,果实越结越酸,我感到十分痛心。

文学是人学,而不是人以外的"文学自身的运动"。历史性、社会性、现实性等等,作为人的属性,也都无不是所谓文学本体固有的属性。这些属性愈是充实,文学本体也就愈是充实。真正的(不是虚幻的)多元化植根于人类个性和创造力的充分发挥,它只有通过人的解放来实现。而人的解放是有其历史的和社会的前提的。换言之,其具体实践是以特定的生存条件为出发点的。离开了现实的前提和出发点,人的解放只是一句空话，谈何多元？遑论起飞？有人说，只有为自身的艺术才能够保持作家的独立人格和创造自由。但我要问，如果连这个自身也是不独立的和不自由的，作为其表现的艺术又如何能独立与自由呢？君不见当年象牙之塔里的创造社诸公，后来都变成了围剿同道的"革命战士"？君不见以其桀骜不驯的独立精神（当然还有其无与伦比的雄才）使我们十分敬爱的鲁迅先生，在某种影响下，也令人困惑地赞美起"遵命文学"来了？（所幸只是赞美，尚无真正实行。）

文学家不仅是经营语言的能手。在一个暗无天日的时代，他首先应当是有自我意识、道义感和同情心，别人的痛苦能使他寝食不安的人。有人说，"你连自己都救不了，谈什么救世？"我说能不能是一个问题，想不想是另一个问题。何况不救世何能自救？何况连自我都没有，何来文学？何来文学本体？

（首发于1989年5月2日《人民日报》。收入本书时，删除了说启蒙的部分，其余文字有增订。）

我怎么看文学——从敦煌经变说起
——2013年5月24日在美国国会图书馆的讲演稿

女士们、先生们,很荣幸来这里讲演。谢谢贵馆邀请,谢谢大家来听。我离开敦煌,已经四十多年,那里有什么新发现、新成果,无暇顾及。这次来,原本是想谈谈阅读中国当代文学的一些心得。按要求加上敦煌部分,时空跨度很大,只能从一个小点,结合起来说说,就算是漫谈吧,请大家批评指教。

一百多年前,在敦煌莫高窟藏经洞,发现了大批古代文书。根据纸质、墨迹、题记、内容等方面考证,是从东汉到西夏七百多年间的五万多件经卷。主要是手写本,少量是印刻本。除了佛教经卷,还有少量道教、本教、祆教、景教、摩尼教经卷。除了汉文，还有少量吐蕃、回鹘、于阗、龟兹、突厥文字。除了经文，也夹杂着一些官方公文和契约借据之类私家文书。不仅艺术与宗教，举凡天文地理、政治经济、社会生活诸多方面的历史研究，都可以在其中找到有用的资料。为整理和研究这批"敦煌遗书"，形成了一门跨学科的学科——敦煌学。

佛经源出印度。初无笔录，只有"如是我闻"。佛陀圆寂几百年后，弟子们集会讨论，才开始有梵文写本。又几百年后，随教东渐，才开始有汉文译本。佛经的汉文译者，如后汉安世高、西晋竺法护、东晋鸠摩罗什等人，都是来自西域的高僧；国人如唐代玄奘，也是深明佛理的高僧。他们精通梵汉两文，又怀着敬畏之心，译经慎重其事，当能有信、雅之功。

达则未必。原文博大精妙，古汉语能动多义，译文不免难懂。如般若，有智慧义，但不是一般智慧，无从译，只能音译。又如"阿耨多罗三藐三菩提"，有无上正觉义，但高于无上正觉，无从译，只能音译。译文需要阐释，音译更离不开阐释。魏晋南北朝以来名士名僧之间的许多争辩，有心无心的，也带有争夺阐释权（包括老、庄的阐释权）的成分。

佛陀是伟大的哲人。他的基于宇宙意识的空无论和自度度人的无量悲悯，泽被众生。尽管释义纷繁，这一点没有疑问。但不识字和粗通文墨的善男信女，很难读懂佛经，只能由寺庙里讲经的和尚说了算。讲经的和尚，对佛经的理解深浅不同，但都力求讲得通俗易懂。用生动的口头语言，把本土和中原的民间传说、闾巷歌谣和志怪传奇之类有趣的故事结合进去，与经义相附会，即兴发挥，连说带唱，以吸引听众，叫作俗讲。

俗讲的形式，有点儿像民间的说书。四川出土的东汉击鼓说书俑，生动传达了巴楚文化和中原文化，在宫廷倡优文化和民间市井文化中融汇的信息。我们可借以想象，当年和尚俗讲的情景。说唱者已成尘，只留下一个俑。讲经的和尚没有俑，但留下一些稿本。敦煌遗书中，有一种写本，叫变文，又叫经变，也就是俗讲的稿本。

这些稿本，用毛笔写在纸上，谨敬工整。字迹钉头鼠尾，写得好的，算得上是经体范本。就文章而言，大多语言粗糙，掺和着儒家意识和鬼神迷信，显然出自平凡陋儒。但是稿本出手，就被视同经典，信众通称宝卷，或者宣卷，可据以弘法，也可据以变像，又叫变相。后者就是敦煌壁画中经变图的原来。

在这些变文和变像之中，看不到作者独立的自我，只能看到佛、儒两家群体性庙堂文化的逐渐趋同。例如，在人民文学出版社出版的《敦煌变文集》八卷中，《伍子胥变文》《唐太宗入冥》之类原始佛经所无，占很大比重。其他如《报恩经》变文、《目连救母》变文，也渗入了许多汉儒忠孝节烈之类的公共伦理。又如，敦煌壁画中二百五十多铺《净土变》，无不是中国皇宫凤阁龙楼、丝竹歌舞的场景——在所谓的极乐净土上，也只有"一个人的自由"。

这些变文，除历史价值、书法价值外，也有一定的文学史价值。清末民初胡适、刘半农提倡白话文，曾经很推崇它把书面语言变为口头语言的努力。鲁迅《中国小说史略》，亦以之为宋人话本滥觞。宋人话本，不以传教为目的，主要是个人谋生手段，迎合听众趣味，仍然是一种公共写作。说书人可以有自己的行会，有编写话本的作坊，也有代代相传的秘籍，可以有定点，也可以走四方。从陆游诗"斜阳古柳赵家庄，负鼓盲翁正作场。死后是非谁管得，满村听说蔡中郎"，可以想见一斑。

就在这一斑中，也透着汉儒传统。蔡邕之罪，叫奸臣。忠不忠君，是衡量是非善恶的标准。劳劳众生，咸与一同。这种奴隶的道德，作为集体无意识，充满在田夫农妇、引车卖浆者喜闻乐见的段子之中。后来流行的《三国演义》《西游记》《水浒传》都不例外。刘皇叔才是正统，孙悟空跳不出如来佛的手掌心，梁山泊好汉只反贪官不反皇帝。对于老百姓，"抡起板斧排头砍去"，或者"丫鬟侍从一刀一个"，不在话下。这样的价值观，贯穿在中国千百年来演义家不同的作品之中。

寺庙并不独立于社会。变文俗讲和原始经典之间的距离，首先是价值观的距离。这个距离，也是佛教世俗化的一个标志。但是专家们看佛经变文，一般都不过问价值取向，只着眼于文本体裁。王国维称之为"通俗诗及通俗小说"，郑振铎称之为俗文学。在"文革"前的敦煌文物研究所，变文、曲子词都被看成"人民性文艺"或"大众文艺"。都没有涉及这种没有自我的群体性写作，在理论上应该怎样定位的问题。

这个问题，从根本上来说，还是一个文学是什么的问题。

文学是什么？没有公认的说法。语义解构之后，更越弄越玄乎了。但是不论如何，谁也不能否认，文学是精神产品，与物理世界有关，但指向的仍是精神。小者指向一个人刹那间细微的感觉，大者指向文明人类价值结构的终极审美。因为人只有作为个体才得以存在，审美者只能是自由个体。世界上海量传世的文学作品中，许多过去的经典，现在仍是经典。它们的共同特征，除了作者思想的穿透力、情感的深刻性以外，就是语言和体裁的表现力和独创性了。真理是朴素的，我想，单从经验事实出发，把这"三性"（思想性、表现性和独创性）统一所构成的审美境界，以及审美境界中必然呈现出来的人文精神，作为文学价值的核心，应该没有异议。

"人文"一词中的人字，首先是指具体的、现实的、有生命和灵性的个体，而不是抽象的群体，如族类、国家、宗教、党派组织等等。把后者看作是前者的工具，而不是相反；把对人的自由权利的尊重、痛苦磨难的同情、罪错悔恨的救赎，看作做人的根本，就是人文精神，一种个体心灵的素质。所谓普遍人性的永恒价值，也无非就是这种素质的指标而已。想象力和语言技巧等等，都只有达到这个指标，才有可能达到审美境界，进入文学的领域。为什么少女能为她失去的爱情歌唱，守财奴却不能为他失去的金钱歌唱？因为后者冷酷无情，素质没有达标。

有诸内而形诸外，或者说言为心声，是一种存在的开放。说存在的开放就是美，也就是说个体的自由，是文学价值的要素。作为宗教宣传，敦煌经变受制于寺庙；作为谋生手段，宋人话本受制于听众。都是实用工具，而不是自由创作。都是群体性他由，而不是存在的开放。一句话，都缺乏文学的要素。1904年林传甲的《中国文学史》，只讲诗词，不提俗讲、小说。1918年谢无量的《中国大文学史》，也只讲诗词，仅涉及小说几句。平心而论，这种备受诟病的史观，也有它一定的道理。

诗词是个体写作，自我的敞开，能以精诚致魂魄，故能感人至深。中国古代诗词，至今万口相传。多有仅凭一首或几首诗流传千古的诗人，不是偶然。古小说则不。鲁迅"钩沉"，多觅自史官所录，序说"惜此旧籍弥益零落，又虑后此闲暇者鲜"，可以想见荒冷。俗讲、话本属于后者，内无个人心灵，外无作者姓名。纵有文本出土，也只史家关注。小说、戏剧在明、清之盛，得益于宋代以来逐渐与诗的融汇。关汉卿、曹雪芹这些人，本质上都是诗人。他们的宏伟巨著都有诗的结构、诗的境界。永垂不朽，不是偶然。

那么，无自我，非表现的群体性他由写作，不算文学，算什么呢？

我以前讲美学，力求把文学艺术和催眠术、娱乐术区别开来。有纯粹的催眠术，有纯粹的娱乐术。也有二者的结合，寓教于乐。经变俗讲、武侠言情、侦探悬念……以及领袖出思想、群众出生活、作家出技巧的三突出宣传品，都属于这一类。特别是后者、一个主义、一种方法，统死了写作，更摧残了文学。老一代作家如曹禺、老舍等人前后作品的对比，也都可以作为见证。

所幸还有地下文学，延续着诗歌大国的龙脉。因为不能公开，已难为后人置信。前些时我的学生李亚东到四川一家地方法院，查阅了当年地下诗人蔡楚被判罪的刑事档案，证明了地下文学在当时的存在。这是那个时代的光荣，也是80年代略微解冻以后个体意识觉醒的先声。个体意识的觉醒，给文学带来了生机。从早期不那么成熟的伤痕、反思、改革等政治文学，到后期五彩缤纷的寻根、魔幻、荒诞等文化文学的发展，实际上也是不完美的甚至玩世不恭的普通个人，取代昔年公众榜样高大全英雄成为作品要角，小写的和单写的"人"字，取代大写的和复数的人字，成为文学主体的过程。

在这个过程中，优秀作家辈出，好作品井喷。那时候，我曾为之欢欣鼓舞，在一篇鸟瞰文章的结尾，引用了四句宋诗："园花落尽路花开，红红白白各自谋。莫问早行奇绝处，四面八方野香来。"我是按照在党和人民之间，究竟站在哪一边，来区分园花与野花的。这个界限，越往后越模糊。二者之间，似乎还有个中间地带，我那时称之为"看客的文学"，引起争论，被指责为"社会学的大棒"。本想写一篇《食客的文学》作为答复，没来得及。

新潮作家，人才济济，各有特色。获得诺贝尔文学奖的农民作家莫言，是他们中的一个。他的抗战故事，逸出党史规范，以农民和土匪为主角，"最英雄好汉最王八蛋"。他的农民小说，虽充满暴力血腥，也不是毫无美感。比如他写一个无依无靠的老农，闲时爱拾个空酒瓶，用空瓶子在家门前砌了一堵短墙。几万只空瓶在风中发出的声响如同音乐。后来墙倒了，雨打风吹一地碎片，如同另一种音乐。有庄子万籁笙竽气象，这是莫言的高处。

莫言的低处，是商用酷刑欣赏，加爱国主义。你不是爱看杀头吗，我就杀给你看。那种能把火焰一寸一寸烧穿活人当作人间至味，咂着嘴唇仔细品尝和描写的能力，不仅是《檀香刑》《酒国》特例。《红高粱》中罗汉大爷被日军剥皮的过程写得那么具体仔细，渗透着令人毛骨悚然的快感。奇怪的是，大量血腥暴力之中，也掺杂着大量的爱国主义。那些"王八蛋"们在打家劫舍的同时，都记得"精忠报国"。

高处和低处之间，是民俗、猎奇的盛大排档，丰乳肥臀，热气腾腾。你只要不嫌腥膻，大可以吃得很撑。但是，没有人文精神的营养。

莫言聪明，和那些自以为是在游泳，而不自觉地被潮流带着走的作家不同，他很善于利用媒体，利用影视，自觉地游走于商业和政治、时代潮流和官方意识形态之间，游刃有余。他知道如何在忠顺的政治价值和有限叛逆的市场价值之间保持平衡。分寸掌握精到，对自己有百利而无一害。这绝不是莫言一个人的问题，大体而言（当然也有例外），这是当代中国作家群体的一个缩影。中国作家群体，大体而言（当然也有例外），又是当代中国知识分子群体的一个缩影。

说有百利而无一害，也不尽然。害在作品的文学价值：道义感和同情心的阙如，也就是人文精神的阙如。作为农民作家，说了那么多古代、近代、现代的农民故事，却一个字也不曾提到，50年代以来，中国农民的身份体验，起码也是那个爱拾空酒瓶的老农，最最强烈深刻的人生体验吧？

据说作家群体，是社会肌体最敏感的部分。这么大、这么严重并持久存在的问题，居然直到最后还是由非作家们提出，难道还不值得引起人们的警省吗？

莫言的问题，主要不是在于他究竟说了什么。而是在于他没说什么。

那个没说的东西，比他说了的重要，也比他说了的明显突出。

更重要的是，他知道那个——现在"全世界人民都知道"（李承鹏语）的东西，一个农民出身的农民作家，有可能不知道吗？！

1988年11月，我去上海参加《新启蒙》筹备会之前，顺便在苏州下车，参加了一个三十来人的作家会。开会地点南苑，原是林彪行宫，房间档次不一。文化部部长住原先林彪、叶群的套房，往下中国作协正、副主席，省作协正、副主席，按级分房。无官职者我辈,住原先服务人员的双人宿舍。我进屋时,已有高晓声在。他是江苏省作协副主席,谈话间有人来向他道歉,说安排错了,陆文夫副主席生气了,请您马上搬过去。高向我说对不起,这是会议的安排,跟着走了。高是老实人,他的作品,从《李顺大造屋》到《一江春水向东流》,都是"改革文学"的代表作。

中国的学术会议,大抵是那个模式。与会者的态度,也大抵是晓声那样。习惯成自然,不觉得有什么。在那样一个语义场中,人们呼吸那语义如同空气,那语义组成他们的所思所感如同细胞组成肉体。以致在很小的生活细节方面,都会有相同反应,不是偶然。当然也有例外,上海的会,也是三十来人,也是高官平民杂处,但待遇无等级特权之分。我说起前一个会议的情况,与会诗人邵燕祥给看了他的一首近作《咏五次文代会》。("文代会"是"全国文学艺术界代表大会"的简称,那时刚刚开过,邵是主席团成员)他写道:

都是作家艺术家,出恭入敬静无哗。
不愁百万成虚掷,安得金人似傻瓜。

回归，还是出发？

已验几回诗作谶，可知何日笔生花。
掌声拍报平安夜，大会开得很好嘛。

所谓"似傻瓜"，就是装糊涂，知道而不说。最后一句，是引用领导人当时的原话。表明四十年来，本该作为社会脊梁承担道义责任、监督批评权力的知识分子阶层，已经基本上不存在了。那"似傻瓜"的一大群，仅仅为了争待遇争职称做博导院士、防阴招防毒招坐稳位置，已经肝脑涂地，哪里还顾得上其他。当然也有例外，但例外的话语权空间，已经被挤压得所剩无多，何况随时还有来自当局的关注。

在那个语义场里，莫言如鱼得水。写作不推敲语言，不讳言牟利。以多产、快产、畅销、远销为务，很自豪一天写了多少字，几天写了一部长篇。语言粗糙结构松散的一大堆，交给编者或者译者处理，说稿子交给你，就是你的了，你怎么加工修改都可以。获奖后更公开表示，感谢"译者的创造"，把他的作品变成了"世界文学"。这些新闻使我惊讶，这种作品使我困惑。文字滔滔，故事滚滚，随心所欲而不逾矩。才气之外，更多的是农民的辛勤、官员的练达，加上商人的精明。

诺奖评委认不认可这种协作产品，是他们的事。但是他们没有能够点出这种产品的文学价值。表扬了它的乡土色彩，无视它已经迎合了西方趣味；无视它缺乏（例如契诃夫《农民》、萧红《八月的乡村》里那种）思想性与表现性、在场感与悲悯情怀。在全球化潮流中的所谓乡土色彩，无非原始生活而已。当年托尔斯泰未获此奖，事后评委答复质疑的说法，是因托氏"向往原始生活"。姑不论那是不是"把文学政治化"，起码这次是自相矛盾了。

授奖词中提到的"魔幻现实主义"，是无限多样的表现形式之一种，被现代派经典作家们反复地试验过，已经是拉丁美洲文学爆炸的溅落物。当然可以再用，但其文学价值，全在于它所表现的东西的人文价值：卡夫卡用以表现了"存在"的困惑；加缪用以表现了荒谬体验；马尔克斯用以表现了一个吸血家族的百年孤独；阎连科用以表现了那个催眠者和被催眠者协同演出的荒诞剧是何等的惨烈恐怖。这种表现赋予了"文革"语言以一种魔咒力量，同时也赋予了那个旧形式（魔幻现实主义）以一种新的活力。什么叫独创性？这就是。

韩秀笔下，一个由奴役者和被奴役者共同组成的怪物"兵团"之中，唯一的独立个体是一个弱小女孩——"多余的人"。她以局外人的眼睛看"兵团"，无处不是那个巨大怪物的百变狰狞。她在被派到中巴边界崇山峻岭中为无数中国筑路工人收尸时，竟然发现，狼和人的关系，比"兵团"中人和人的关系要好。那来自地狱的温馨，魔幻得令人战栗。进入"被时代"，现实更魔幻。被代表、被自杀、被钱永会李旺阳……已经超出了作家们想象力的极限。

喜欢玩儿古代俗套因果报应六道轮回，西方俗套穿越时光隧道人变动物的魔幻莫言，对于这一切真实的魔幻视若无睹，三缄其口。

你可以批评他们犬儒奴才甚至鹰犬，可以说对罪恶保持沉默无异于罪恶的同谋，可以说在大树和蚍蜉之间站在大树一边是可耻的，甚至也可以预言一旦形势改变，他们会来一个华丽的转身。但那是历史中的自然，那种"特殊国情"历史地铸造出来的人格模式，也是那个如此荒谬残酷而又能历久常存的组织的基础。因此，你绝不可以说，他们的选择是非政治的选择。更不可以说，他们的作品写什么不写什么，和那个政治无关。

奇怪的是，完全在这个组织控制之外，以普遍人性永恒价值名义行事的瑞典文学院，却这么说了。一方面把得主和他的组织切割，强调文学与政治无关，只看作品质量水平，不问作者的政治立场；另一方面又把得主及其作品向诺贝尔遗嘱给定的、一向被阐释为普遍人性永恒价值的抽象标准，"理想主义最佳作品"附会过去，强调得主有批判专制政治的倾向。两个强调，都是曲解。两种曲解，互相矛盾。初看难以置信，再看言之凿凿——那是授奖词里的白纸黑字。

世界上大小奖项无数，比如乐透，比如六合彩，意义虚无、价值虚无。中奖靠运气，机会都均等。虽金额远大于诺奖，谁得之都没有异议。又比如奥运金牌、诺贝尔科学奖，或者某些民间独立的理想主义奖项，标准明确肯定，毫厘之差可辨。纵有黑哨禁药不实数据，容易发现也不难解决，公平自在其中，权威也自在其中。这次的问题在于，一个以权威大得有引领潮流之势的奖项，给了一个反对普遍人性永恒价值的得主。这无论对文学，还是对社会思潮，不能不说是一种误导。

当然，中国的误导，不自诺奖始。华盛本大学肯尼迪教授告诉我，他的学生到中国做交流，看到幼儿园里的孩子们画画，太阳必须是红色的，天必须是

回归，还是出发？

蓝色的，草必须是绿色的，感到非常惊讶。我告诉他这是"中国特色"，但不是唯一的颜色，也存在着想象"另一种语言"的努力。北大附中林芳华老师给孩子们开了一门"诗歌"选修课，激活童心中的诗心。诗人王家新把她的这种努力，称之为"素质教育"。"因为诗歌才是对心灵的开启，是对人的内在素质的提升。"但在现实教育制度下面，诗心童趣恐怕只能短暂存在，为了考试升学，孩子们不得不被一步步纳入体制的规范。

  接受铸造，进入模式，不光是中国儿童的，也是成人们共同的命运。我担心诺贝尔文学奖带来的价值错乱，会使得这种命运更加难以逆转。现在"爱国"者、追星族跟风附和、捧场背书的声势浩大，更抵消了试图逆转的力量。有人重提恩格斯关于创作方法和世界观矛盾的言论，说反动作家可以写出进步作品；有人说肖斯塔科维奇歌颂斯大林无损于他的音乐，庞德拥护墨索里尼无损于他的诗歌，海德格尔支持希特勒无损于他的哲学……以致你若想认真对待，就不得不回到那低于历史的起点，等于被挟持，拉下水去。

  有人为得主不批评政府辩护，说他有不说话的自由，有保护自己的权利。听起来好像是，指责你站着说话不腰痛，不在乎别人的安危。有人相反地把这位忠诚党员说成异议作家，"有强烈的批判意识，以尖锐的笔触书写了当今社会矛盾和当代历史的创伤经验"。听起来好像是在抱怨有关部门没有尽到"机场安检"的责任，没有尽到干部鉴定的责任。有人用普世价值衡量，说莫言"不配"得奖。听起来好像是无条件认可了瑞典文学院封圣的资格……

多元世界文学，是无量自由心声。以各种语言、各种形式，分布全球无数角落，可以同时有无数尖端。无论是个人、基金会、学术团体、国家政府或者国际机构，没有一个行为主体，能够全部掌握。瑞典文学院，同样不能。回顾以往，不少得奖者早已销声匿迹。当其时而未得奖者，如托尔斯泰、易卜生、哈代、左拉、卡夫卡、契诃夫、普鲁斯特、布莱希特、纳博科夫、乔伊斯等等，至今都是世界文学中不可企及的孤峰。如果说，过去的失误只是文学判断失误，那么现在价值错乱，受损的就不仅是文学了。

网络时代云革命带来的虚拟自由，丝毫也不能缓和现实中奴役与自由的真实冲突。全球各地此起彼伏的恐怖袭击和绵延不断的战争烽火，不管表面上有多少错综复杂、文化与宗教的背景，或者所谓的特殊国情，归根结底，无不是自由与奴役的冲突。当此际一种具有国际权威的理想主义奖项，不支持自由精神，却去鼓励相反的力量，能不令人失望？！

我相信，这不是瑞典皇家学院的初衷。如果他们能意识到自己的限度，取消文学奖项，只做力所能及的事情，那将是世界文学之幸。

如果他们不能，我希望这次事件所造成的震撼，有助于恢复绝大多数人的平常心，消解极少数人的诺奖情结，转而去创造真正的价值。

震撼是暂时的。话语权再大，大不过时间的考验。想当年经变俗讲，何等神圣。万人空巷，如听梵音。最终还是佛陀的归佛陀，寺庙的归寺庙，说唱的归说唱。历史大浪淘沙，我们相信未来。

寻找家园,就是寻找意义

——答《文学报》傅小平问

问:读《寻找家园》,于我是在分享一种至为独特的生命体验。在我的感觉里,这本书是安静的、纯净的,却充满了激情和力量;它是通体敞亮的,却遍布阳光透过树林间隙在地上投下的斑斓的色彩。它的姿态是沉郁而又内敛的,却有着强大的磁场。某种意义上,这称得上是一本用心血淬炼成的"失败之书",却也是见证一个注定不可复制的个体精神历程的"磨难之书"。我还能想到的两个极端意象是,它像是鲁迅所说的"地火在运行",但最终抵达了海德格尔所言的"澄明之境"。联系到您历经艰辛坎坷的一生,特别想知道您是在怎样的状况下写作这本书的？隔了这么些年，又如何看自己写下的这本书？

答：对我来说，所谓寻找家园，无非就是寻找意义。出国后，谋生不易，有一次"多维"记者来访，问我有没有"得到了天空失去了土地"的感觉？我说没有，从来不曾拥有的东西，不会感到失去。土地只是个比喻。人生短暂渺小，它的意义，只能植根于身外大的世界和长的历史。我的漂泊感和无意义感，也就是一种世界没有秩序、历史没有逻辑、个人没有着落的感觉，似乎宿命。我写作，无非就是对这种宿命的抗拒。这个意思，在书的序言中好像说到了一些。你问我隔了这么些年怎么看这本书？我说，回头看去，它就像一棵植物，在盐碱沙石里长出，自然而然地就在那里了。它所能得到的一切阳光雨露的滋润，都来自中国大陆民间。我因此也触摸到了"祖国"这两个字的深层意义。

问：从汉语写作的角度看，《寻找家园》可谓另类。这本书消失了经历过极端年代的人写作中难以剥离的革命语调。它没有近年被捧得很高的木心散文中处处透出的那种"民国范"，也不见有近年汉语写作中俯拾即是的"翻译腔"。如若找寻渊源或许可以追溯到古代洗尽铅华的汉语写作一脉。所以，崔卫平先生说您借以写作的是"当代《红楼梦》般的汉语"。以此想听您说说,您从哪里习得了这样的文学素养?除文学阅读之外,您的绘画训练和哲学思考,是不是也对您的写作产生了很大的影响?何以您的写作和您身处的时代氛围拉开这么大的距离?

答:这些问题,我先前没有想过。要说影响,我想最大的影响,该是古汉语吧。儿童时代,在那个闭塞的山村里,父亲给我的最初的教育就是古文。许多东西,觉得好得不得了,到现在都背得来。这个影响是看不见的。绘画也是。但不是什么画都是。商品画是商品,宣传画是宣传,装饰画是装饰。这里所谓绘画,纯粹是心灵的表现。点、线、色彩和点线色彩的符号——文字,都无非表现的媒介。符号操作与视觉操作,概念运算和意象经营会互相影响,也会互相制约。在《画事琐记》中,我提到过苏联式技术训练怎样改变了我的感觉思维方式,那是在技术层面上说的、一种精神奴役的效果。所以我也不敢说,和当时的时代氛围,拉开了多么大的距离。当然也有一些距离。那可能和我从小到大被孤独、被局外人的经历有关。也可能和北岛所说的性情古怪,难以归类,不便管理有关。

回归,还是出发?

问:《寻找家园》还有一个突出的特点,就是像北岛所说的"朴实而细腻"。我想这是很能体现您的美学观的。在您早年的《论美》中,您曾写道:"最朴素的语言,就是最美丽的语言。"另外就这本书的题材而言,您在繁体字版自序中说,称为自传、回忆录等都不恰当,相比而言,把它归为散文比较合适。而这次您获得的也是"在场主义散文大奖"。不妨结合您的美学观,谈谈对散文的理解。

答:散文的特点是散,比较随意。可以论政,可以议事,可以写景,可以抒情;可以讲故事、说家常;可以形而上、形而下;也可以是这等等的融合;可以长,可以短,也可以没有严格的逻辑结构。《庄子》有个大的理论框架,《史记》有个大的历史顺序,但如果从中挖出一小段,独立地看,也有可能是一篇很好的散文。我天性散漫,有一种对于结构、体系之类刚硬框架的恐惧,总觉得那就是老子说的"坚强者死之徒"。喜欢散文,也是天性使然。我做作文,力求不隔。不隔的理想,是王国维提出来的,比如"池塘生春草",比如"空梁落燕泥",没有典故,没有藻饰,没有感叹号,没有可有可无的字,读之如在目前,那就是不隔。我所谓的朴素,无非就是那个。这不是说我已经做到了那个，而是说我这样要求自己。

问：在《论美》一文中，您写道："在美的领域中，诗占着一个非常特殊的地位。同美一样，诗也是一种感受，不过它比美更深微、更复杂、更辽远。诗是美的升华。"您还写道："语言愈朴素，它就愈接近于诗。"这些观点您都是点到即止，没有展开论述，这也给读者的理解留下了空白。我想，您所说的诗该是不能等同于诗歌的，和当下流行的烂俗的诗歌更是差之千里。但诗是否包含了诗性、诗意、诗化等意思？国内学者刘小枫考察19世纪德国浪漫派文学传统，还写过一本题为《诗化哲学》的书。该怎么理解诗这个经常被误用的词，是我特别想求教于您的。

答：狭义的诗字，只是指谓着某种文体。有文体，不等于就有诗。我们讨论的是，这个文体以外的诗字，具体是指什么？我的理解，所谓诗的境界是一种特定的情境，它来自特定的感觉方式和思维方式。一个伟大诗人，比如杜甫，不管走到哪里，所见无不是诗。"一卧苍江惊岁晚，几回青琐点朝班。"世界上没有比"青琐点朝班"更庸俗的事情了，但是放在"一卧苍江"之下，就有了浓浓的诗情。把这诗情表现为文字,是诗人的本事。把这文字复活为诗情,是读者的本事。

问:这里我特别想到歌德的自传《诗与真》。之所以有这样的联想,是因为您在谈论美时,绝少提到真。您提到"爱与善是审美心理的基础",也"应当是批评的原则"。但在我们惯常的理解里,真善美是绑在一起言说的,也可以说从真到美是一个递进的序列。我不知道把真赶出美的疆域,是不是因为您对真抱有一种特别的不信任?对此,您一定有自己的思考。

答:真善美三者,是一个完美的圆。其中的任何一个,都不可或缺。自然科学家们公认,一个物理公式,或者一个数学方程,都有个美不美的问题。如果不美,就意味着不正确。在这里,正确一词,可以解释为真,也可以解释为善。猎豹奔跑的姿势很美,这个美,意味着速度(不美影响速度),同时也意味着,对于猎豹而言的真或者善。社会现象比较复杂,道理是一样的。20世纪80年代我发表过一篇文章,题目叫《美感与快感》,专门谈这个问题。里面"最佳存在方式"一词,可以解释为真,亦可以解释为善。

问:以我的理解,在20世纪50年代和80年代的两场美学论争中,都把您的美学观斥为"主观唯心论",是一种偏执的理解。因为实际上,您没有否认"存在决定意识"的根本前提。只是在美学范畴里,您高扬主体意识,其意义也不只是局限在美学领域,更带有思想解放的色彩,有强烈的时代感和现实关怀。所以,您倡扬的美学,某种意义上是为人生的美学、实践的美学、关于人的处境的美学,与那些从概念到概念的空泛的美学有根本区别。而唯物、唯心的两分法,从当下语境看,着实不如强调唯真、唯实来得实在。时过境迁,您对当时的美学观有何新的理解?

答:20世纪70年代末80年代初,我刚从深渊下出来,火气很大,只想呐喊出自己的愤怒和悲哀。首先强调的是把人当人。对于我来讲,美的问题和人的问题是一个问题。前者是从属于后者的。所以《美是自由的象征》的第一篇,是《关于人的本质》,那以后关于异化理论和人道主义的思考,都是从这里来的。美的追求和人的解放不可分割。所以我常常强调,美学是哲学的内隐框架,美的哲学是人的哲学的核心部分。80年代我发表过一篇两万多字的东西,题目叫《什么是哲学》,对这个问题,讲得比较具体。现在曾经沧海,看惯了世事如棋,比较能沉得住气了。但是仍旧认为,美的追求和人的解放不可分割。

问:我个人感觉,在美学范畴里,主体意识是怎么强调都不为过的。问题是怎样保持所谓主体意识,所谓美感的纯粹性。我们置身的现实常常是,我们感受到的美,并不是由心而发的,自己所能发现的独特的美,多半是被教材、广告等媒介刻意塑造起来的美。因为此,多少庸俗的事物,借着发现和追寻美的名义得以到处流传。对当下的美学处境,您满意吗?您又是怎么看的?

答:我所理解的主体意识,实际上就是个体意识,或者说自我意识。这种意识,完全独立于那种没有个体自我的群体意识。过去的群体意识,是做齿轮螺丝钉;现在的群体意识,是追星跟潮流合群而大,思想感情都是外包的。两种群体意识的共同特点,都是没有自我。失重不等于自由,跟风不等于审美。在众多的声音之中,附和最大的声音,虽然是自由选择,仍然是没有自我。我们仍然只有确立真正的主体意识,才有可能在今天的眼花缭乱之中找回失落的自我。

问:作为美学家,读者一般会把您和李泽厚联系起来说。您在《寻找家园》里也约略写到了一点和他的交往。让我印象最深的是，您提到，李泽厚否认新中国成立以来美学领域意见多于三种，否认美学领域存在政治斗争。您当时觉得不可思议，后来又无心再理会。作为读者，我也有些不理解，当时政治斗争席卷一切，美学领域又岂能幸免？当时美学领域的确存在很多争论，为何意见没有多于三种？感觉上，这像是李泽厚先生的自负之辞？我觉得似乎很可讨论的。您怎么看？

答：李泽厚比我大五岁，已经八十三岁。过去了的事，就让它过去吧。至今我仍然感谢，当年他把我从兰大哲学系借调到社科院哲学所，我得以在那个时代的旋涡中心北京度过了关键的三年。三年中，还得以遇见小雨。

问：现在想来，不管20世纪80年代人文学者之间有着怎样的分歧，各种各样的争论都是在相对平等而开放的环境里展开的。而且那时学科之间没那么壁垒森严，各界之间也有很多的相互交流。比如，您当年还曾呼唤钱学森先生等人介入美学讨论。而说到美学，如果说当下有多么的寂寥，就可以说那时有多么的生气勃勃。所以，现在很多人都在怀80年代的旧。

回归，还是出发？

我看到李陀先生对80年代下了一个定义说，那是一个思想非常活跃的时代，可也是一个见识相当肤浅的时代。您是在80年代末期离开大陆的，这么多年都在海外生活。回望80年代，您想必很有感慨。

答：1988年，我在四川师范大学，方先生到西昌开会，顺道来访，一见投缘。他回北京后，做了一个讲演，题为"物理学和美学"。那是一个很重要的美学文献。可惜时代动荡中，被学界忽略。我真的很感慨。在那个曙光乍现的时分，一下子有了许多突破禁区的议题。从人的价值、真理的标准、生活的意义、生产的目的性等等的讨论，到物理学与美学的探索，都很深刻尖锐，激活了权利意识，开拓了精神空间，触及了问题的实质和社会制度的根本。思想解放带来的不仅是人的觉醒、学术思想的深化，还有新潮诗歌的高扬、新潮美术的崛起，以及文学写作的多元化……在在都标志着，那是一个生机勃发的年代，可惜突然就夭折了。

问：读您的美学论著，我止不住做一个假设：假如您依然置身于国内的语境里，您很可能会继续这样的"美学散步"，您的美学观也很可能会有更为持续而深远的影响。当然这只是假设，您似乎从来不屑于做体系性的建构，而且也反对对美学规律乃至任何规律的追寻。如此，您的美学观是"羚羊挂角，无迹可寻"的，您只是给出了线索，却没有指明道路，想必普通读者很难进入您的美学情境，和您一起设身处地去探寻、去思索。所以即使您继续美学探索，您的思考也很可能只是空谷足音。您自己是怎么理解的？您是否因此感到过知音难觅的孤独？

答：我总是时蹶时伏，很少能够散步。除了《美的追求与人的解放》，我真正专门谈美，始于《美感与快感》一文。本想作为提纲，深入摸索一下。但是看了几篇新小说，情不自禁地又写起文学评论来。接着卷入了文学问题的争论。这种情绪化的做派，只能说明我不是一块做学问的料。即使想做，也做不成，因为我在国内几乎没有过一张安静的书桌。

问：出于您艰辛磨难的人生经历，国内不少人都把您描述成受难者或是殉道者，称您为"当代中国难得的奇人"。个人感觉，作家徐晓写的一段话："控诉，但不止于个人的悲苦；骄傲，但同时也有悲悯；敏感，但不脆弱；唯美，但并不苛刻。"或许更准确地刻画出了您的精神形象。事实上，您本人无意强调自己经历的磨难，而且您以平常心进入《寻找家园》

的写作。在书中，您也写到自己的不堪，比如对常书鸿的亏欠等等，您也写下了自己真诚的忏悔，并由此反复表达了对生命的感激之情。我想知道，您从何处获得了这种无所怨悔的向上之气？

答：我们生逢一个不能计划人生的时代，一切都是意外的、被动的、无从掌握的。你问是什么导致了我之所以为我，我只能回答说上帝掷骰子。

问：我想，当徐晓形容您是"来自另外一个世界的孩子"的时候，她实际上想说的是您拥有为这个世界所罕见的高贵品质，以至于感觉您是您身处的这个世界里的异乡人。这让我想到尼采"看啊，这个人"的自叹，您大概是当得起这样的一声感叹的。能否说说您是怎样深刻体认到自己"时时刻刻"的处境，并力图有所超越的？与您的精神境界形成鲜明反差的，是您自觉并不太强的现实生存和适应能力，尽管这一强一弱可能恰恰体现了您人生的智慧。以此更想知道，您所能依恃的最可宝贵的品质是什么？

答："高贵品质"四字，我万不敢当。懵懵懂懂，而能够死地生还；生存能力很差，而能在滚滚红尘之中拥有小小一方清净；索居独处杜门谢客，而能在遥远故土拥有那么多真诚的朋友和陌生的知音，都

寻找家园，就是寻找意义

无关毅力、智慧、人格，我只有感激命运。

问：在我的感觉里，您是一个真正的理想主义者。之所以要强调是真正的，一方面是因为你似乎不曾为虚假的理想裹挟着踉跄向前，而且您不像很多人一样经历过虔诚的信仰期，恰恰相反，很多时候是先知先觉的。另一方面，您一定体会到过深刻的虚无。您有很多的不信，但您始终是有所信的。那您信的是什么？您又是如何持有这种信的？

答：我真的很羡慕那些虔诚的宗教徒。他们因为有信仰，生活得比较踏实，也比较省心。但我因为被强迫信教的体验，失去了信仰的能力。没有信仰，意义虚无，空虚感导致窒息感，不得不用写作来呼吸。这本书写了十来年。开头是手写的，后来才学会用电脑来写。心灵是活东西，无法在一个点上停留。十来年间，心情是有变化的。比较一下1993年发表的序言和2006年版序言，就可以看到那个变化的轨迹。

问：前些年，您和萧默先生有一个争论。这场争论最后演变为人格高下评判的意气之争，着实有些遗憾，相信孰是孰非自会有公断。但涉及"记忆与反思"这样一个话题，其实是可以往制度、文化等更深层面开掘的。遗憾的是，类似争论总是过多停留在人

回归，还是出发？

事纠葛上。这是否和我们的文化里缺少罪感和耻感的意识有关？如果像在基督教里预设自己是一个罪人，对别人的批评和指责恐怕就不会那么理直气壮。事实上但凡是人，他的记忆都是不可避免带有选择性的。某一方面的敞开，都可能造成对另一方面的遮蔽。任何建设性的论争，其实应该起到去蔽的作用，从而推进反思一步步走向宽广和深入，您以为呢？

答：事实的去蔽，不靠记忆，靠独立客观的调查。有事实，才有认知反思，才可以有个根据，来讨论建设性的问题。

问：您流传甚广的名言"美是自由的象征"，我最早是听大学里一位老师说起的。说实在的，当时并不怎么理解，但它深深打动了我。这倒不是因为它比"美是道德的象征"之类的说辞更有说服力，而是因为我能感觉到，这句话里融入了您至为深刻的生命体验。某种意义上，可以说您是一个自由思想者。然而您经历的处境，可以说是最不自由的。所以，我总感觉您所追求的自由，并非张扬个性这么简单，还包含了"活得最真、活得最多"的意味。您是怎么理解自由的？

答：自由这个词，能动多义。我所理解的自由，作为哲学概念是叙述词,和必然相对应。作为政治概念是价值词,和奴役相对应。作为艺术概念是动词,和守旧相对应,与创造、突破同义。总而言之,我把自由二字,看作是他由的反面。什么是他由?用现在的话来讲,就是一个被字。比如,喝茶是自由,被喝茶是他由。旅行是自由,被旅行是他由。

问:另外,在您的书里,很少读到对人的批评和苛责,更多的是为您同时代人回忆过往时特别可贵的善意的同情和理解。可以想见,这是建立在对人性的体察的基础之上的。我想知道,宽容或是宽恕对您来说意味着什么?

答:宽容是强者的特权,弱者如我辈没资格谈宽容。你所说的宽容或者宽恕,对于我来说只是一种对别人的理解,包括对敌人的理解,这是我力求做到的。

问:从《寻找家园》里,大体是能读出您"美的踪迹"的。您青少年时期的成长同样充满艰辛,但您的个性是自由发展的。这里面有您身为教育家的父亲高竹园先生的深刻影响,虽然他也劝阻您不要把绘画当成志业,但并不阻碍您往这方面发展。这其中也有当时教育给人留下了很多空隙的原因。相比而言,国

回归，还是出发？

内目前盛行的实利教育，使得像您曾经受到的美育几无存身之处。联想到蔡元培等人曾经倡导的"美育代宗教"的教学理念和思想主张，真是感慨良多。您是怎么理解这种理念的？您认为怎样才算好的教育、理想的教育？

答：非常非常感谢你提到我的父亲。他的确是一位杰出的教育家，只是被战争的烽火和战后的动乱所埋没，许多理想没有实现。他教我的东西，有些已不合时宜了，比如做人要诚实，比如艺术不能用来牟利。我后来吃的苦头，多与他的教育有关。联系到蔡元培先生"美育代宗教"的理想，现在看来，要等到将来才有可能实现了。

问：《寻找家园》给人很深印象的，还有您写到绘画对您一生的影响。尽管最初父亲不让您绘画，但恰恰是绘画给您带来了一生的福祉。而写作却让您遭遇了很多磨难。您现在以美学家、画家和作家知名，您最认同哪一个身份？您又是怎么看待画画、写作与美学思考三者之间的关系的？

答：一辈子东奔西跑，很难专门什么。我学的是画画，在国内画政治宣传画，确实从死亡线上救了我一命。在国外画宗教宣传画，也确实为我们打下了一个安身立命的基础。但是画那种画，精神上很痛苦。如果我不痛苦，受得了，早就发财了。画了些想画的画，自己很喜欢，但是不懂如何操作买卖。写作同样是心灵的需要。但是稿费很低，有等于无。我们生活很简单，也只能说一句性格就是命运。至于认同哪一个身份，我实在说不上来。

问：无论是《寻找家园》，还是别的文字里，都不怎么看到您详写在美国生活的经历。偶尔写到，基本上也关乎国内的现实。在《画事琐记》一文中，您写了被国内一位已故大诗人的女儿骗取信任开办画展的事，尽管只是淡淡地记录了整个过程，但字里行间隐现的悲凉之感，还是能感同身受的。事实上，在这本书的一些章节里，您对国内世事变迁，尤其是生态环境的恶化表示了忧虑。我也知道，您一直关注国内艺术发展的状况。诚如您自己在书末尾说到的，您依然是纯中国的。您果真相信"越是民族的就越是人类的，越是古典的就越是现代的"？书里的最后一句"我们的许多故事，也都是笨出来的"意味深长。怎么理解？

答："越是民族的就越是人类的，越是古典的就越是现代的"，这两句话，我相信后一句。如果一个

回归，还是出发？

人面对古代的东西，比如原始洞窟岩画、埃及法老陵墓或者希腊神庙，只能看到它们的考古价值，看不到那些里面至今活着的审美精神，那么这个人不足以与谈人文。如果一个人读了释迦牟尼、柏拉图、老子、庄子、李白、杜甫，说是"至今已觉不新鲜"，那么这个人不足以与谈历史。雅斯贝尔斯说得好，古人的许多东西至今没人超越。在这个意义上，它们很现代。但是这么说，又牵扯到历史是不是在进步和什么是历史进步尺度的问题。我觉得归根结底，科技、制度等等都只是手段。个人的自由幸福，才是一切的终极目的。只有个人自由幸福的程度，才能作为历史进步程度的标志。如果电子时代钱淹脚背的人们生活得不比农耕时代幸福，那么古典和现代之间，就不会有明确的界限。至于这两句话的前一句，"越是民族的就越是人类的"，面对当今全球范围内文明冲突的残酷性和不可调和性，我觉得很难置喙。

问：在《寻找家园》繁体字版自序中，您写道：对于我们来说，做人就是叛逆，做人就是漂泊，做人就是没有故乡。"在那之前很久，我早已在内在流亡的途中，把一切都看作了异乡。"但您分明还在执着地寻找着家园。那您是否已找到了家园，抑或依然在寻找的路上？或者不断寻找和找寻不到，都是您注定要承受的深刻悖论，您明了只是用这一生去寻找就已经足够？

答：何为家园？很难说。一不小心，落到社会制度层面，就有麻烦。先抽象一点儿说吧。我们都来自宇宙混沌，或者说来自大自然，本身就是自然物。但是现代生活或在线上，或在卡上，离自然已很遥远。窗台上放一盆植物，就像靠近点儿什么。假期到海边或者动物园里转转，就像透一口气。一个监狱里的犯人，在牢房里发现一只蚂蚁或者一叶小草，都会非常喜悦欣慰。这种喜悦欣慰，就是家园之感。现代人有意无意，都在寻找。悖论与否，顾不得了。

文盲的悲哀

——《寻找家园》译事琐记

我是读着翻译书长大的。一个穷乡僻壤的野孩子，能读到那么多世界名著，我一辈子都感谢翻译家们。

不少译者，我视同作者化身。如叶君健就是安徒生，汝龙就是契诃夫，傅雷就是罗曼·罗兰……

当然也曾梦想，能从原文阅读。命运没给我这个机会。

但是给了我另一个机会：自己的作品被译成外文。

得失之间，有一个间隙，或者说错位。这个错位的体验，值得说说。

文盲的悲哀

一

漂流之苦，首先不在失落，而在于同外间世界文化上的隔膜。

一本书，在国内受到政治过滤，被伤害的不仅是文字，还有人的尊严与自由。那么在国外受到非政治的、文化的过滤呢？不是体制性的，但有时同样也是。

这个感觉，来自《寻找家园》的第一次英译。

2003年到2006年，我在内华达大学拉斯维加斯分校（UNLV）当代文学研究所做客。哈珀柯林斯出版社文学部门的负责人丹恩找到我，说在杂志上看到《寻找家园》零星译文，想给我出一本275页的译本。我问为什么是275页，他说，这个厚度的书好卖。275页大致是我书第二部分《流沙坠简》的厚度。商定先出《流沙坠简》。如超过275页，就稍微厚点；如不足，从一、三部分选译补足。

文学所找了一位经纪人，代理我和出版社谈条件。按照共同签订的契约，哈珀柯林斯买下我书除中文之外的全球版权。英文版在2008年北京奥运会之前出版。出版后到各地巡回朗读，签名卖书，参加法兰克福书展。

回归，还是出发？

二

文学所付翻译费，负责选定译者。先是传阅了一位中国资深翻译家的试译稿，一致认为，由懂英文的中国人来译，不如由懂中文的美国人来译。他们说，后者更了解美国读者。以英文为母语，也更容易被接受。

不久，UNLV一位华裔教授庄君来访，说葛浩文先生想译我的书，文学所已同意，托他来要我的书稿。我和葛从无联系，但赫赫大名，早有所闻。据说，许多中国名作家大诗人，都围着他转来转去。不久前还收到国内一位朋友寄来的、那年4月《中华读书报》上采访葛的《十问》，告诉我这位美籍犹裔汉学家，被哥伦比亚大学前东亚系主任夏志清教授称为"公认的中国现当代文学之首席翻译家"。我想这不会是偶然的，听庄一说，倍感荣幸，立即就把书稿给他了。

果然是大牌权威，没有问过我任何问题，译本就到出版社了。速度之快，使我意外，使我惊讶，也使我有点儿不大放心。从文学所要到一份译文副本，发现其中的问题，怎么也无法接受。把意见写下，请熟悉我书、中英文都好的几位朋友给看看，他们同意我的勘误,但都劝我接受。说"著名译者的译本好卖",说"没有更好的了",说"作者干涉译事,会造成许多问题",说"没有人这么抠字眼儿"……都是好意。

可能是钻牛角,我真的想不开。我觉得作品的生命不在书本,而在读者的阅读之中,一本被误读的书等于不存在,正如一本不再被阅读的书等于死了。何况听任误导阅读,近乎假面舞会。我知道假面舞会上有名有利可图,也知道善意的劝告值得深深感谢。但是反复考虑,还是无法接受。

最初想的,是和译者沟通,请他按原文重新翻译。人家不听你的,缠不清。请文学所总监艾瑞克帮我坚持,得到的结果只是,补译了原先被删除的五篇中的两篇:《石头记》和《面壁记》。其余三篇,《常书鸿先生》、《花落知多少》和《窦占彪》,不补了。理由是,已经超过275页。

我通知出版社,拒绝这个译本。

出版社文学部门负责人丹恩来电话,说葛译文很好,他要用。

我试着争取责任编辑的支持。出版社在纽约,纽约的朋友出于好意,都不帮这个忙。说,你要在美国厮混，不能和主流社会别扭。说，同葛浩文的关系很重要，更不能得罪出版社部门头儿。说，妥协是双赢策略，退一步海阔天空……都对，但我已听不进了。帮助我找到责任编辑的庐欢女士，还因此接到一通粗暴电话，指责她没资格插手此事，使我深深歉疚。

责任编辑凡雷恩先生同意我的意见。但是不知为何，他辞职了。走以前把我的意见转给了接手处理此稿的第二位责编伯尼特女士。伯尼特女士也同意我的意见。但是不知为何，她也辞职了。

三

《十问》中，葛浩文先生在反驳《纽约客》杂志上厄普代克对他的一个中译本的批评时说："可是他不懂中文。"我知道，假如我公开批评他的译本，他也可以说："可是他不懂英文。"

我是不懂英文，不知道译文的好坏。但是我起码知道，自己的作品中写了什么，而译文中没有；没写的，译文中却有。这很容易看得出来。

其他方面怎样，我不知道。这是文盲的悲哀。

葛译和原文最大的不同，是加上了编年：1949、1956、1957、1958……并且根据这个先后顺序，调整和删节了原文的内容。

由此而出现的问题，不在于是否可以在直译和意译之间进行再创造，也不在于是否可以按照历史的原则，而不是文学的原则来处理文本。问题在于：所谓调整，实际上改变了书的性质；所谓删节，实际上等于阉割。

书中许多人物的命运，并不互为因果。俞同榜不知道安兆俊，唐素琴没见过常书鸿，20世纪50年代末的警察和80年代末的警察是两拨子人……有些人，我已认识三五十年；有些人，我偶然碰到，相处十几分钟，别后永没再见，连姓名都不知道。有关忆述，独立成篇，一个人一个故事。故事的分量和长短，不取决于见面时间的久暂，全是自然而然。无数小正常，集合成一个大荒谬，也是自然而然。

所谓自然而然，这里面有个非虚构文学和历史的区别。前者是个体经验，带着情感的逻辑，记忆有筛选机制，有待于考证核实。在考证核实之前，不可以称为历史。怎么能将不同时期的细节调换编年，赋予一个统一的历史顺序，纳入一个公共的大事框架？

何况此外，还有阉割。

既已拒绝了这个译本，只要它不和读者见面，

回归，还是出发？

这个不说也罢。但是，在颇有名气的英文杂志《目击者》(*Witness*) 2006年第2期上，看到葛译的我的几篇文章。其中一篇叫《狗》，我书并无此篇。我的书中，有一篇《阿来与阿狮》，讲抗日战争时期我们家在山里避难时，家庭成员中一只山羊和一只狗的一些琐事，潜结构是情感的逻辑。这些译文中全没有，只有结尾"1949年"以下的一点点：我家的狗（阿狮）被一个解放军打死以后，我同他打架的事。没了前因，后果就没来头，成了歇斯底里。别说情感的逻辑，连情节的逻辑都没了。

《电影里的锣鼓》，写反右运动。结尾是，二十一年后我回到兰州，遇见一个老实巴交，当年也曾随大流对我下过一石的同事，邀我到学校顶楼他的单人宿舍喝酒。告知在我被处理（劳教）以后，他在家乡的妻儿先后死于"大跃进"和大饥饿，他无家可归，所以老了还住在学校……楼外风景依旧，寒日无言西下。这个结尾，译文中没有。没了这个，就没了个体经验中呈现出来的历史多样，没了右派以外人民大众命运的缩影，没了凄清结局与热烈开端的对比，以及喜剧性与悲剧性互相交织的张力结构。剩下的政治运动，已被千万人反复讲述，已成公式，还值得写吗？

《月色淡淡》中，我写了一个天才的毁灭。我和此人素不相识，只因为在同一农场，月夜劳动，偶然遇到一次。也是偶然地，他说起关于生命科学的一个猜想，为难以证实而苦恼；说"将来出去了，一定要弄清这个问题"。译文到此为止。以下被删去的部分，也是全文的关键：三十多年后我来到美国，才知道他生前的那个假设，同时也是他所不知道的西方科学家们的假设，在他死亡二十多年以后，终于被实验证明。没有这个结尾，此文纵然还值得写，性质完全不同，意义也小得多了。

《荒山夕照》写的是，"文革"中我们七八个人被派到深山里开荒。环境原始，生活简单，但相互关系复杂紧张丑陋，和大自然的美形成强烈对比。诸如"总怕夜里说梦话出卖了自己"，或者"这些理由没人说破"之类的句子，以及关于女儿酒、打铁花、乌鲁木齐繁华等等的谈话，也和大山大谷的描写一样，虽与情节无关，虽能指与所指之间没有一对一的线性关系，但是作为张力结构的审美元素，不是可有可无，而是必不可少。译文删除了所有这些，只留下一个打猎故事，犹如电影里的动作片，等于毁了作品。

回归，还是出发？

　　《逃亡者》原文的前半部分，写上海知青李沪生的遭遇，读者可以从中了解，什么叫"全民皆兵"，什么叫"大义灭亲"。亲朋邻里都"革命警惕性很高"，逃出去了也无处藏身，这是夹边沟很少有人逃跑的原因之一。另一个原因是，四周沙漠戈壁围绕，没可能徒步逃脱。所有这些，译文全删，只留下一个冒失鬼逃跑失败的惊险故事。但是，没了天罗地网中绝地求生者不顾一切孤注一掷的精神张力，故事就成了趣味花絮，值得一说？

　　《沙枣》译文中，对于"月冷龙沙，星垂大荒，一个自由人，在追赶监狱"及其前后文的删除，性质类似，限于篇幅，兹不一一。

　　其实《流沙坠简》的篇幅，超过275页。经葛大删大削，已远远不够页数。葛译文从第一部分《梦里家山》中选译了许多补充。

　　删除的是重点，递补的却是鸡毛蒜皮。

　　所谓鸡毛蒜皮，是指从作品的整体结构中割裂下来的细节。细节是从属于整体的。任何整体，都有一个结构。无论是诗的结构、戏剧的结构、理论的结构，还是数学方程的结构，都有一个美或不美的问题。作品的美，在于各个局部与细节之间的有机联系。就像一棵从根本到枝叶生气灌注的树，割离了根本，枝叶会死。我书的根本，是人的命运。《梦里家山》的根本，是我的亲人老师同学们的命运：不问政治的父亲被打成右派惨死工地，姐姐为父亲痛哭被补打成右派劳苦终身，忠心不贰的老师同学，或坐牢或自杀或死于监狱……所有这些荒诞惨烈，译文中丝毫不见踪影。有的只是我小时候如何打架、逃学、留级之类似乎"有趣"的故事。

有问题如此，即使我懂英语，语言的好坏还值得关心吗？

四

曾替葛浩文来向我要书稿的那位庄教授到亚利桑那开会，遇见葛先生，才知道我拒绝译文的事，使葛非常惊讶。葛让庄转告我，中国许多大红大紫的著名作家，如某某、某某、某某某都说，只要是他署名翻译，怎么删改都行。

我当时没反应过来，回答说，别人授权他改，同我没有关系。

几天后，庄又来问，翻译的事，想好了没有？

我才明白，葛先生托他传话，是要启发我重新考虑，不要不识抬举。

葛译本已使我惊讶，更使我惊讶的，是葛会对我的惊讶感到惊讶。

葛浩文先生，你不必惊讶。我不仅是拒绝一个不真实的译本，不仅是拒绝一个大牌的傲慢与霸道；更重要的是，我拒绝一种对于其他民族苦难的冷漠。

我们没有大屠杀博物馆，没有受难者纪念碑，我们的奥斯威辛没有遗址。只剩下几个幸存者星星点点的记忆，在烈风中飘零四散。忆述不易，保存更难。流亡中写作，字字艰辛。竟被如此糟蹋，说惊讶已太温和。

五

新译者多赛特先生是诗人、执业医生。不靠翻译为生，只译喜欢的东西。2001年曾翻译我的《幸福的符号》，发表在国际作家会议会刊上，在法兰克福书展获得好评。他住在旧金山郊区，离艾瑞克家不远，听后者说了我的事情，对照原文和葛译，证明我勘误没错，表示愿重新翻译。艾瑞克又申请到一笔经费，资助重译。但出版社拒绝合作，不肯推迟交稿日期。说已经签订的契约绝对必须遵守。

时间过于紧迫,来不及认真翻译。多赛特先生在杂志上看到,英国著名汉学家、伦敦大学讲座教授和香港中文大学客座教授卜立德先生翻译的我的五篇文章,译得非常之好。由艾瑞克出面,请求卜立德先生支持。承蒙卜先生厚爱,俯允加盟,分担了一半译作,是此书莫大幸运。

作为诗人,多赛特先生所喜欢的,是《石头记》《面壁记》《风暴》一类文字,说那里面深层的东西最难转述。但他没到过中国,政治上有些隔膜。感谢伯克莱大学中国访问学者王敦,就近给了他许多帮助。其余问题,他来拉斯维加斯与我商量。比如艾瑞克建议,"火烧""油炸""砸烂"某某的"狗头"之类,粗野血腥,应删除。他问,这样的标语,别的地方有吗?我说那一阵子,全国都有。他说,那就不能去掉。

卜立德先生不在美国,只能通信联系。信是手写,小而工整的汉字,苍健有力。方言俚语、典故民谚,信手拈来,风趣幽默,透出深厚的中国国学功力。有时夫人孔慧怡女士附笔,娟秀与苍健辉映。先生说,"拙荆同译,买一送一,很划算的"。虽是玩笑,开得精彩。因为夫人的中国经验,大有助于原文的阅读。

虽然爱开玩笑，提问却很严肃。对答案的要求，也都马虎不得。

例如对《月色淡淡》中那位医生1958年在夹边沟农场说的话，同三十多年后我在美国读到的一位生物学家在书里说的话互相印证，他要根据。有些专业术语，根瘤菌、腺粒体、原始细菌等等，他要复核。直到我找出那位生物学家书中的相关文字，复印了寄去，他才满意。又如译《运煤记》，他问"魏诗"是"魏风"吗？我说是魏晋南北朝的魏，《采薇》是魏文帝作品。他问贵可称帝，怎么还"薄暮苦饥"？我说那就只能猜了，兵荒马乱之中，什么都可能的吧。

再如译《沙枣》，他问，十来个人的饭桶，"比汽油桶矮些粗些"，有这么大吗？一勺子半加仑糊糊，那就很多啦，怎么还吃不饱？这些量度，是我事后估计，未必准确。饭勺是铁皮的，半圆形，近似半个篮球。桶是木桶，很厚，上大下小，有两块板子高出其余，左右对称，上有圆孔，可系绳以抬。一下子说不清，我画了个图，两人抬一桶，桶上挂着勺，给他寄去。他看了说，明白了。

如不明白，那就没完。我相信，这才是翻译。正如韩少功说的，翻译是一种精读。先生直言不讳，说他不喜欢《又到酒泉》中的部分文字。为表示尊重，我请他酌情处理。我说，这是十年敦煌的一个句号，我"文革"经历的一个拐点，留下个痕迹就行。他删除了有关军区政委的部分文字，无伤整体。

第三位责编史密斯女士所处理的我的书稿，已经是这个新译本了。不知为何，就在新书出版的同时，她也辞职了。来信说她喜欢这本书，很自豪编辑了这本书。她去了企鹅出版社，留下电话号码电子信箱，嘱我们保持联系。读她的信，我们感到一份温暖，也感到一份苦涩。

新译本出版后，朋友们都说好。《纽约时报》和《洛杉矶时报》的书评也很正面。美国国务院资深外交官薄佐齐先生，经常受命修改润色总统、国务卿的讲演词和发言稿，他的夫人、杰出作家韩秀女士来信，说译文很好，说Jeff一向对文字极为挑剔，也说译文很好。"那是真的很不错了。当然不能说无懈可击，但是译者忠实于原著，叙事的速度与节奏也让读者感觉贴心。很不容易。……总而言之，大作英译成功地传递了您的心声，我们为您高兴。"这个权威的评论，更让我们心里踏实。

回归，还是出发？

六

但是我的不识抬举，还是伤害了自己。新译者日夜紧赶，终于如期交稿。当初不肯推迟交稿日期，说已经签订的契约绝对必须遵守的出版社，无理违约，拖了又拖，一年多以后（2009年10月）才出版，新书出来，无声无息。原先约定的宣传活动，到各地签名卖书、参加法兰克福书展等安排，全没了。没有任何解释。

但我毫不后悔，很庆幸摆脱了葛译。

虽庆幸，仍有遗憾，新书的封面上，多了个副书名："劳改营回忆录"，这是出版社加的，很别扭。装帧却是宁静山水画，更别扭。

如果说美国没有近似的历史，因此造成隔膜，那么有过近似历史的波兰出版的、波兰文译本《寻找家园》的封面，却是一群现代中国女民工的照片。我书中没写一个女犯（因为没有见过）。照片上的人物，身体健康，衣服完整，不但迥异于夹边沟人，也迥异于当年的农民。不识波兰文，不知译者谁。收到四千美元版税，一包样书。光看封面，不像我的书。

不是我一个人的问题。谁能想到,那艳俗美女,会是杨显惠《夹边沟纪事》的英译封面?不知译、编者有无和作者沟通,只知道杨的文字难得,寓深沉于木讷,寓悲愤于质朴,和大戈壁盐碱地上那些无声的惨烈浑然一体。封面反差如此之大,我真担心杨著独有的文学价值和人文精神,有可能被商业书市滤去。

弱者的胜利
——我读《半生为人》

一

近读《半生为人》,很感慨。这是一个当年的幸存者,讲述20世纪七八十年代他们那些"从不怀疑中产生了怀疑"的、"早已溃不成军的反叛者们"失败的初航。不是重新集结的号角(从来没有过一支严密的队伍),不是再度出发的战鼓(所谓战鼓只属于那文字还能召唤人们的时代),只是在历史潮流的涨落之中,沉淀下来的一些个体经验。只是一个瘦小、纤弱、坐过牢的女人,在一个接一个地给亲人和朋友们送葬以后,带着一个孩子,在绝境中挣扎过来的苦难历程。

没有凄厉绝叫,没有激烈抗议,没有深长悲叹。万千琐细心事的坦诚诉说,成就了这么一本如此忧伤又如此美丽的意义之书,如同天问。

我用"忧伤"一词,作者未必认同。我所谓的忧伤,是指人对于失去了的幸福的憧憬。在那荒诞残酷的年代,还有可以失去的幸福吗?有的,那就是叛逆——意义的追寻。荒诞残酷中的意义,就是对荒诞残酷的抗争。那些不能安于无意义状态的意义的追寻者们,原本分散在社会的各个角落,互不知道对方的存在。由于共同的追寻,得以在人海中偶然相逢、相知、相加持,相濡以沫。这种人际关系,在当今商业时代,已经不可想象。

这所谓憧憬,可以说是一种思念的情感。直接地是对那些初航时分曾与并肩的水手们的思念;间接地是对一种被理想主义照亮了的生活和人际关系的思念。这实际上也就是对于一种更高人生价值的思念。由于那种照亮生活的理想主义,以及与之相应的人际关系现在已经杳不可寻,所以这个思念,或者说憧憬,就成了我所谓的忧伤。

以忧伤为基调,也就是以情感为主导,只听从心灵的呼声。这样的书写,只能是个体书写。不服务于任何共同主题，也不受制于外来指令或需要。因此个体书写，才呈现出无限丰富的差异和多样性，各有特点。

徐晓此书，就不同于例如"孤岛张爱玲"那种。张爱玲面对的是无数细小虱子（"人生是一袭华丽的袍，爬满了虱子"），徐晓面对的是一头巨大怪物——霍布斯所说的利维坦。不仅面对，她还要抗争。以致她的个体书写，只能是一种群体意识笼罩下的个体书写。意识领域群体和个体之间的历史性碰撞，使全书整体上形成了一个矛盾冲突的张力结构。情感主导的张力结构，作为符号，更像是诗，而不是戏剧。这是本书的特点。

我读《半生为人》，像是读一首长诗。幸福或者意义都只能在追求它的过程中得之。人在无过程状态中对于过程（幸福或意义）的憧憬，具有逃避现实的成分。对于已经逝去的意义的思念，首先是一种对于当前强权横行无忌人们唯利是图的现实的逃避。真要回到从前，那份残酷惨烈，恐怕没人愿再次忍受。哪怕它可以有把握地换得那种不幸中的幸福（或者说意义）也罢。

所以我说，这是一首忧伤的长诗。说来矛盾，正因为如此,我读此书,一方面是切肤之痛历久长存,一方面又得到一种审美的快乐,一种慰藉,甚至鼓舞。为那些不能安于无意义状态的意义的追寻者们,即使在今天的人们已经无法想象的残酷惨烈之中,也能创造出如此美丽、如此有意义的人生。

二

这本书中的人们,各有其心灵的而不是履历的自我,独一无二,不可重复。他们在共同的宏观背景下展现出来的微观心理,另有其多维的广阔和纵深,标志着个体的存在。特别是在那个智力在暴力面前、群体在唯一个体面前双重失能的时代,要透过无数被工具化、数据化、符号化了的公共面貌,发现个体的存在更难。

在无数没有面孔的人们之中,作者首先找到的是自己:一个读着《钢铁是怎样炼成的》《青春之歌》长大的少先队员。由于绝对真诚,全部自我都与那革命的神圣同一。后来发现了神圣的虚假,同样由于绝对真诚,又不自觉地与之疏离。疏离的过程,是苦难的历程:"久久不能平静的日子里,我好像才意识到,信仰和真理,是不能等同的。"她曾经抗拒过这

回归，还是出发？

种疏离的意识，为了不能坚持"为信仰而献身的理想主义"，甚至说"无可争议地划分了人格的高下"。甚至多年后回忆起来，仍然有失落之感："如今，当年轻时的伙伴聚会散场之后，不管你是从怎样豪华的酒店或怎样寒酸的饭馆走出来，走在喧嚣或者沉寂的夜色中，你为什么会陡然生出一点儿向往……而当你咔嚓一声打开房门，走进你那仍然简陋或者不再简陋的家时，又为什么会陡然地生出一丝失落，为你日复一日面临着的琐碎而烦恼？"

不论信仰的是什么，这种对信仰或意义的需要（或者说缺乏感），并不是每一个人都有的。执着也罢，怀疑也罢，没有信仰也罢，这份严肃认真，都是对信仰负责的态度。"珍重不从今日始，出山时节千徘徊。"难道不更加"无可争议地划分了人格的高下"吗？

在那个强迫信仰的时代，不信仰就是犯罪，何况怀疑！她因此祸从口出，可谓性格就是命运。1975年，不到二十岁的她，在一个严寒冬夜被电话叫醒，下楼接电话时，突然被一只肮脏发臭的帽子罩住眼睛，连袜子都来不及穿光着脚板就被带进了阴冷潮湿的监狱。狱中无信息，甚至外面发生了震撼世界的

1976年4月5日"天安门事件",甚至该事件的一些被捕者关到了她所在的监狱,她都不知道。

那时的她,只不过是一个能够独立思考,跟着感觉走,走出了给定的信仰,回不了正统的好奇女孩。作为政治犯被捕,在当时十分平常。在四壁大墙里孤绝,任性地乱想。两年多后出狱,又任性地乱走,结果走进了当年的《今天》编辑部。不管自不自觉,总是处在历史的前线。不管有意无意,总是投身于不可知的命运。这就很不平常了。

感觉有时候是比思想更深刻的思想。

她出狱时,正碰上历史的转折。满街大小字报,民刊如雨后春笋。对于非人处境的共同厌恶和对于别样生活的共同渴望,使个人们(工人、市民、大学生、待业知青、复员军人……)走到一起,形成许多松散的团体。自动的、志愿的、业余的、义务的。无机可投,无利可图,只有奉献,只有风险。但是都很乐意,带着冒险的兴奋。

《今天》编辑部,同样不例外。她写道:"条件虽然艰苦,做自己喜欢的事大家都觉得很神圣。"那份有所追求的快乐,那份非功利、无目的因而是审美的人生境界,现在到哪里找去?在《半生为人》之中，那些陋室补丁粗茶淡饭、一扫琐碎凡俗夙昔晦气走向别样生活的人们，一个一个各不相同，又都审美地统一在一个意义的追寻之中。带着朝露的清气，带着不可捉摸的旭日的光彩。

那些当年投身于《今天》、各有才华个性而不为人知的人们，周郿英、赵一凡、史铁生、鄂复明、李南、崔德英、王捷、刘羽、田晓青这些名字在书中的出现，让我真有一种"浪淘尽千古风流人物"的感觉。

三

赵一凡，一个残疾人，"文革"时不辞酷暑严寒，奔走于北京各个院校，选录大字报，收集小报、传单和当时难得一见的地下文学作品，还有禁书。细心地分类编号，抄写翻拍，予以保存，十年如一日。"我不知道，"作者写道，"一凡当年收集这些资料时有什么打算，但像他这样当时就懂得这些资料的价值并花费大量的时间精力收集保存的人恐怕绝无仅有。尤其难能可贵的是，一凡拄双拐行走，他的脊柱靠金属支撑着，一条腿在地上拖着几乎抬不起来，可以想象他做这些事多么吃力，多么辛苦，除了一凡，谁能有这样的执着和细心？"

这成吨的珍贵资料在一凡被捕时没有失去是一个偶然；他死前立遗嘱要把它交给作者处理。作者因为坐月子未能及时知道是一个偶然；知道时已经被一凡的保姆卖给了废品收购站无处追寻更是一个偶然。这些偶然因素的随机遇合，惊涛骇浪摄魄揪心的程度不亚于宏观历史的突发事变，更不是任何一个雨果或者狄更斯虚构得出来的。我们在痛心疾首之余，甚至已经没有力气，为它偶然地得以留下些劫火余烬而额手庆幸。

余烬之一是，"文革"以后《光明日报》发表遇罗克的《出身论》，原文就是一凡提供的。我不知道血腥污泥深处，埋葬着多少遇罗克这样的人杰和《出身论》这样的好文。我感激由于一凡，我们得以见其万一。但是书中一凡，仍然是日常生活中的一个凡人。面对陌生人时腼腆失措，白床单下显得有些怪异的畸形，以及虽坐牢也没有改变的共产主义信仰，协同地组成一个整体——他这个人。我们的信仰可以和他不同，我们可以奇怪他为什么如此执着，但是我们绝对不会因此减少对于他的爱和尊敬。

作者的另一位朋友史铁生也是残疾人，也是英年

回归，还是出发？

早逝。我读此篇，印象最深的是他和作者的相逢：荒凉的1974年，在荒凉的地坛公园，各自读书的两个陌生人，偶然交谈起来，她有些反党言论。他说："你知道我是什么人吗？不怕我告发你？"她说："这里没证人，如果你告发，我就全推到你头上。""我们的友谊就这样开始了，"作者写道，"这样的一种友谊，在那个亲友间也只能用手握得紧一点儿来表示心照不宣的年代，几乎不可想象。只有在充斥着苍凉伤感的自然气息的地坛公园才是可能的。"

在那个用假话套话交往是生存条件的时代，说真话是心灵的呼吸。心灵只要是自己的，就是活的，就需要呼吸。对于拥有自己的心灵即拥有个体自我的人们来说，只要有机会在某处单独相对，那个某处就有可能成为地坛公园。就在这同一年，作者遇到东海舰队的海军军人郭海、安晓峰、杨建新……才知道军人也是人，也有大于安全需要的说真话的需要。她把他们作为体面的朋友介绍给了一凡，直到被当局发现一网打尽。

那些年，一网打尽的故事遍布全国城乡，多到无法统计。纵能统计，也只是数据：帽子数据、劳动力数据、非正常死亡数据等等。所谓人的发现，竟然起因于忧伤，也令人悲哀。

四

作者和她的丈夫周郿英，是在《今天》编辑部认识和相爱的。结婚不久，周重病住院，多年辗转病榻，终于痛苦死去。

她是无神论者，为了挽救丈夫的生命想尽办法，什么手段（包括贿赂医生）都用上了：争取到最好的医院、最好的医生、最好最昂贵的药品……无法上班，还要照顾好儿子。奔走于家和医院之间，身心俱疲，以致"一直像个瘸子一样地走路"。

可这一切都无济于事，她为此深深自责："我一直以为，我吃的苦是他的疾病的结果，我愿意承受那结果。可我却从来没有想过，他所受的苦是我的努力的结果，我不知道他是不是愿意承受那结果。"事实上，他的痛苦也就是她的痛苦。如果早知道是白受的，谁都愿早些结束。首先是为对方，其次是为自己。在无穷的思念中，她给他的在天之灵写道：

> ……也许，只有你知道，我讲述的这些都是事实。但并不是事实的全部。全部的真相是，

我为你活着而拼尽全力,同时我也祈祷别的。那"别的"我不能告诉你,也不能告诉任何人。不知你是否记得,就在我们等待了五个多月的手术的前一天,我突然失踪了一个上午。我回到医院时,你刚刚用剃须刀在小腹部做完备皮。你虚弱得连说话都困难,我却把你一个人丢下。我去哪里了?你问我,我说,去办点事儿。但眼睛不肯看着你……现在我告诉你,那天我去了北京城南道教寺庙白云观,我在每一尊神像前放上几炷香,放下一些钱,然后虔诚地下跪,磕头,乞求神保佑你手术成功。同时,我还乞求,如果手术不成功,保佑你尽快解脱……我发誓,你少受点儿罪是我希望你尽早解脱的唯一理由!但是,你相信吗?其他人相信吗?我自己相信吗?事实是,你病着,我有无穷无尽的麻烦。时间、金钱、儿子的成长、我自身的向往……那时候,我们并不知道那煎熬会延续三年五年,还是十年八年……

无神论者烧香磕头,慌不择路,惊心动魄。她这样做的理由,即使不是唯一的,也没有任何人有资格指责她。那样的指责是以理杀人。她对以理杀人的文化的恐惧，是显现在深层心理学中的深层历史学，并不是毫无根据。在以理杀人的文化中，个人的孤独无助、绝望挣扎都不在话下。一种能够把这种不在话下的残酷性充分表达出来，使人感同身受的文字，不管多么平淡，都是奇文。

奇文自然天成，文字全无藻饰。汗腥气、泪腥气、血腥气、监狱里阴冷的湿气、医院里陈旧的药水气、昏暗灯光下印刷民办刊物的油墨气、小街上烧饼的香气和粮票的浊气、老旧四合院里随着沙哑歌声唱出来的酒气……汇成一股真气，兼具了（如果我没有记错的话）英国美学家鲍桑葵所说的"艰难的美"、"广阔的美"和"错杂的美"。文字平淡，没有一个惊叹号。我想这就是所谓"粗服乱头，不掩国色"吧？

五

"有朋友曾说，"作者写道，"我的写作美化了生活。为此，我曾想给这本书命名为'美化，直至死'。与其说是想回应这善意的批评，不如说是无可奈何的孤绝。作为人，作为女人，作为母亲，当你在

回归,还是出发?

任何角色中都面临困境的时候,你怎样论证活着的正当性?作为历史的参与者,作为悲剧的见证者,你怎样能够保持内心的高傲和宁静?然而我们终于还是活着。所以我写作——正如史铁生所说,写作是为活着寻找理由。"

这个回答中的虚无主义情绪,虽很模糊,但是渗透全书。虚无主义,这是我的主观感觉,很可能作者不会同意。

理想主义者也可能有虚无主义情绪吗?有的。我们在克鲁泡特金的无政府主义理论中看到过,在章太炎的"五无"言说里看到过,在鲁迅的许多作品特别是《野草》诸什中看到过……并不陌生。凡理想,都有个现实的前提。奴隶理想自由;屈辱者理想尊严……都是历史中的自然。无前提的主义,不过是一个空筐。谁都可以装进任何他所希望的、可能的和不可能的(如乌托邦)东西。什么也不装,让它空着(如佛陀、老庄),也可以,不一定就不好。

变可能(或不可能)为现实,这就是意义的追寻。追寻就是意义,过程是意义的现实。过程的终结如果不能成为新的追寻的起点,那就会归于虚无。所以理想主义和虚无主义这两个貌似相反的东西,实际上走得最近。个体逃避虚无,往往逃入群体(宗教、国族、组织等等)。群体无路可逃,往往陷入混沌(犬儒生态、丛林法则等等)。在这里,理想主义的徐晓,也还是"出山时节千徘徊"。用她自己的话说,就是:"常常在写作中踌躇。"

踌躇的结果是删除了不好的东西,留下了好的东西。"最终我把血腥和粗暴的细节删除了,也把荒诞和滑稽的故事删除了。唯独没有删除的是从那个故事中走出来的人。因为那其中虽然凄婉,却飘散着丝丝缕缕的温情。我愿意把这传达给我的儿子,传达给所有的朋友。因为我深深地懂得,这对人多么重要。"

踌躇,是为他人着想。

为后来的人们——因为爱。

为需要被删节的人们——因为悲悯。

因为对别人重要,所以对自己重要。

别人比自己重要,这就是群体意识。

徐晓的爱和悲悯,植根于天性,本来属于个体。但同时,这样的天性,又使她的群体意识压倒了已经觉醒的个体意识。她力求用理想主义的精神价值,去照亮历史无序背后的黑暗。她愿意在宇宙抹去人类文明的一切痕迹之前,把没有爬满虱子的袍,留存给后来的人们。

形而下的事实属于个体,形而上的价值属于群体。据说群体和个体应当统一,我也这么想过。但是我不知道,这矛盾该怎么解决。

不能解决。任何解决方案,其程序设计都必须通向可以操作的政治——社会利益的强制性分配。如所周知,政治人物的行为及其后果常常和所持的或者所宣称的价值原则背道而驰。所谓"政治是肮脏的",也是历史中的自然,不可避免。一个非政治的(至多只是一个"不够资格的政治犯")独立个体,一个但知有道不知有术的纯粹理想主义者,只在精神领域、只在价值观的层面上寻找,是找不到出路的。面对历史中的自然——这个现代丛林,难免和虚无主义相遇:

> 谁爱得最多,谁就注定了是个弱者。
> 道之不存,殉道者的价值何在。
> 充满着神秘与眼泪的理想主义……对我们这代人来说,那或许是一抹残阳,或许是一缕阴影,但对于今后的年轻人来说,那是一种无法想象的存在。在他们身上,构成遗传的染色体已经

变异了。无法理解不是他们的错。

既然如此,既然我们的精神财富到后人手里必然贬值,我们创造它的努力岂不是无效劳动?血腥暴力、荒诞滑稽等等,是我们的(不是抽象的)理想主义的前提,把它留给后人作为历史判断的参照系,让他们自己去寻找温暖、打造平安,比之于删除,岂不更好?还有,删除了故事,还有"从故事中走出来的人"吗?

虚无主义这个怪物,原本与徐晓无缘。我想象,还没有完全走出群体意识的她在个体性写作中与之狭路相逢,一定有些错愕,有些失措(也不完全是想象,因为她已经说了,她在写作中踌躇)。

为逃避这个怪物,她稍稍进入了童话——我觉得。

六

血腥和荒诞是那个时代的基调,书中提到的部分,已经残酷到让我们有切肤之痛,已经残酷到哪怕只删除掉一个小小的细节,都会减轻我们的沉重。这些都没有删除,不知删除了什么?荒诞感是一种至为难得的天赋，它造就了陀思妥耶夫斯基和卡夫卡，也造就了海子和残雪。有感于荒诞而又删除，不知是怎样的荒诞？我不敢要求别人把自己不忍看不敢看的东西摊出来晾，那种要求本身就是残酷。但是那杯苦酒，一个人咽得下去吗？

咽不下去，所以删除。从这删除，我看到了一种人性中的神性——爱和悲悯；也看到了一种人性的软弱——无力感和恐惧。

这样的所谓的美化，带有逃避现实的性质。逃避是弱者的天赋本能。正如狼有尖牙鹰有利爪，羚羊和兔子有跑得飞快的腿。托尔斯泰说他读安徒生，读了几遍才发现安徒生的孤独和软弱。安徒生以为大人都没有同情心，所以他只向小孩子说话。小孩子更没有，但他假定有，这是弱者的任性。我读到那些话时也是个小孩子，坐着想了想，没想出个什么来。今读徐晓书，想起那段话，忽然懂了。对于一个陷于"无可奈何的孤绝"的弱女子来说，还有比童话更好的避难所吗？

出狱二十年后，她从北京到太原探望曾经同案的朋友，企图重温当年的旧梦。舞台换了布景，角色各已转型。"没有期待中的彻夜长谈，没有想象中的无边畅想,"她写道,"不知道是我们老了还是社会变了,我常怀疑以后是否还存在当年那样的人际关系。"已经不再存在,还要怀疑一阵,这是幸存者的不幸。安徒生纯粹的个体写作,让他逃跑得像飞。徐晓带着群体意识的个体写作,只能一如当初,"像个瘸子一样地走路",逃不脱铁铸的现实。

但是从另一方面来说,这也是她的幸运。在那个无数人没有任何交流空间,只能默默地忍受窒息的时代,她已经享受过了真正的人际关系。那种地下的和半地下的人际关系是有条件的:没有了奥威尔式老大哥无处不在的眼睛和耳朵,就不会有从那样的关系得到的快乐。她受到老大哥的关注是她为她的快乐所付的代价。冥冥中似乎还是有一种公平。所谓"国家不幸诗人幸,话到沧桑句便工"。正因为如此,我们才有了这么一本忧伤而美丽的、震撼人心的意义之书。

这里所说的意义是个体存在的意义。在意义这东西已经被极权主义、拜金主义和后现代主义解构得片瓦无存的今天,更有其特殊的价值。有这价值,是弱者的胜利。

艺术与人文
——答《人文艺术》查常平问

一 艺术的人文精神

查：这次来拜访高老师，想从人生和艺术的角度展开对话。请您先谈谈对当代中国艺术的看法。

高：我们随便聊聊，最好别用这个（指录音机），轻松交流好吗？

查：没关系，我们会整理，整理出来会给高老师看。

高：我出来已经二十年了，没回去过，不了解情况，又不懂电脑，近乎山顶洞人了，能说什么呢？最后一次看到大陆的美术展览，是二十年前的事了，那时我在香港，恰巧有个大陆的新潮美术展，匆匆忙忙去溜了一下，感觉很好。现在还记得那些傻笑的大头，没面孔的队伍，的确很好。

浦：有一幅画叫《毒日头》，我们印象深刻。几个好像是纱厂女工，大太阳底下不怕晒，对着天笑，好像是嘲笑太阳。看了很开心，记不得是谁画的了。

查：应该是方力钧的。

高：这么长的时间过去了，不知道现在有什么样的变化。你是当代中国大陆有名的艺评家，你办的杂志层次很高，影响很大，很高兴有这个机会，向你请教。你给我们说说好吗？

查：张晓刚、王广义、方力钧、岳敏君，他们四个人早期的作品还可以，有一种真实的生命情感的表达。他们现在都成了中国当代艺术研究院的院士。这个院是他们自己成立的，由国家批准的。这几年他们一直在变。从2008年以来，张晓刚继续画绿床，以前"文革"时候军队里边两个人睡的床，绿色的被子；方力钧画了一些小孩，包括"汶川大地震"中的小孩，画面很大、很空洞；岳敏君就是画中国传统的花草之类东西；王广义做装置，比如"冷战美学"。他们一直想突破自己，很难。他们已经丧失了20世纪90年代初期的反叛精神，投入反叛对象的怀抱；第二，

回归,还是出发?

他们在娱乐性的大众传媒中占据主导地位,所以我的一些批评当代艺术的、比较严肃比较尖锐的文章都很难发表出来。

高:你不是自己办杂志吗?

查:我有时在我编辑的《人文艺术》上发一些,但那是一个小众论丛。

浦:小众论丛很好,可以深刻些。大众论丛和通俗传媒,总是一阵一阵的,很时尚、很明星的。

高:我们在台湾的时候,余秋雨是台湾的明星,受到台湾各界的热烈欢迎。文学界很多名流都出来捧场,红火得不行,这就是大众传媒的力量。

查:第一,这些人都会利用大众传媒;第二,他们在关键的时候为有权者当局说一些好话。余秋雨在"汶川大地震"过后劝民众不要上海外势力的当,招来一片骂声。

高:这就是网络的力量,网络改变了世界,还将继续改变。很遗憾我不会操作电脑,只能在朋友们给设立的网站上看点儿新闻,收发个信件。推特、微博都不敢沾边,跟不上。所以说,我们两个是山顶洞人。

查:不过,在艺术之类人文领域,的确有区别于自然科学的、非超越式发展模式。真正的艺术家,都为人类创造了某种永恒的价值。

高：对，文学艺术，还有哲学，都可以有永恒的价值。只要看看人类最古老的原始艺术和最新近的现代艺术都在同一个水平上，只要看看轴心时代所提出的许多问题，直到电脑时代都还没有得到回答，这一点就很清楚了。但是这一点，不能成为我们无所追求的理由。我们追求的是自身存在的意义。意义的参照系是现实。非人的处境迫使我们追求人的价值。追求而又不能行动的时候，语言就是行动。概念运算和符号操作，是脑子的行动。所谓语言，不光是说话写字，也包括图像、结构、实物、象征性行为等等。你可以用语言讲理、抒情，用语言伪装、攻击，用语言迂回、包抄，等等，都是行动。但是这一切，都不能离开话语系统、具体处境而独立。抽象一点儿说，没有对象就没有自身。

查：参照系是观察的支点。对于学术研究者来说，所指与能指都离不开支点。这一点，任何时代都一样，有普遍性。

高：有普遍性。但是严格地说，大普遍性底下有许多小特殊性。特殊就是具体，具体就是本质。说具体就是本质，不等于就是本质主义，两码事。比方

回归，还是出发？

说冷战时期两个阵营的对峙，东方阵营中国、苏联和东欧有共通性，但是具体到个人生活的层面，具体到各个知识分子现实处境的层面，情况就大不相同。正是这种差别，形成了今天三方独立知识分子们感觉方式和思维方式的不尽相同和交流渠道中的某些障碍。特别是在苏联垮台二十多年后的今天，产生于民主国家的国际资本和产生于一党专政国家的权贵资本之间有了某种共同利益，以至前者为了自己的利益帮助后者保持稳定，这就使得原本隐藏在价值观后面的国家利益表面化，以至全球范围内所谓的双重标准无处不在，使得追求民主的中国知识分子处在一种扑朔迷离、价值错乱的状态。米尼奇克到中国去，引起许多误解不是偶然的。幸好中国有崔卫平，成了几乎是唯一的沟通桥梁。这个桥梁的意义，只有放在当代中国各种矛盾纠缠不清的背景下面才可以看清楚。我相信未来时代的人们，会像我们今天理解米尼奇克们的写作那样，来理解崔卫平们的写作。

查：现在很多人在思考，怎样把民主自由的普遍价值，和中国的具体国情相结合。但是更多人追求的是金钱名利，前面谈到的视觉艺术界的情况，只是冰山一角。

浦：美国也一样。海量的展品看过去，都只同钱有关系。美国社会是商业社会，画家们把作品看作商品是自然而然的事情。我们两个还是喜欢怀斯那种，觉得那才是画。那是从前的画了，现在已经很少有人画得出来了。不久前看到一幅《哭墙》，很小，很感性，很人文，很震撼，我们很喜欢，可惜买不起。

高：怀斯的时代已经过去了，但是他的乡愁没有过去。在灯火通明的候机厅里怀念杨柳岸晓风残月，很土坷垃，在电子时代会被扫地出门。听你说国内的情况，被扫地出门的，好像不光是那个了。什么是艺术？艺术品的价值由谁来定？炒家？藏家？亿万富豪？……话语权转移到市场，还谈什么艺术？这种人文精神的失落和"道德滑坡"之类，是在同一股泥石流中。你说的四位画家的变化，无非是在泥石流中挣扎太久，耗损了太多的创造力而已。何谓人文精神的问题，牵扯到什么是艺术、什么是艺术家的问题。如果你们的《人文艺术》能提供一个联系实际的讨论平台，应该是大好事。

查：但是思考的人很少画画，画画的人很少思考。现在的视觉艺术，大都是商业作为。讨论可以，但是深入很难。

高：也有例外，比方说，戴光郁的路子就可以讨论。

查：《人文艺术》介绍过戴光郁。那期杂志，以前寄给高老师了。

高：看到了，很好。介绍朱成那期也很好。从戴光郁、朱成开始，就可以展开。戴光郁的画，好像不是画出来的，而是被残酷的现实挤压出来的。那些色彩线条都在呐喊。喊出一个人文知识分子的"自由饥饿"。在没有自由的条件下，生理饱足，有没有灵魂的饥饿，是艺术家和非艺术家的一个重要界限。换句话就是说，人文精神是艺术家的第二生命。

查：这就牵扯到艺术的定义，为了探讨这个问题，又需要界定人文精神和人文知识分子这两个词的含义，这个问题在20世纪80年代曾经讨论过，因为形势变化太快太大，不了了之。

高：不了了之，但不能重新继续。当时的语境已经不在了，那时的舞台、道具和今天的角色都已经不配套了。要说，就只有立足于今天的实际，重新开始。在权贵资本主义统治的局面下，讲道理很危险，也只有从审美的角度，才有可能保持绝对个体有一种恰当的守持，保持艺术语言的能指与所指不被劫持。

不然的话，我们今天说的都是多余。

查：不是多余，也不是暂时。我们人类的精神底线，或者说我们人类的道德属性，仁爱、善良、正义等等，都来源于创造我们的上帝。上帝有团契的属性，他也把这属性赐给了人类，所以人类的内心才有这样的需要。

高：那是另一个层次的问题。

查：作为批评家，最重要的是审美素质。一个批评家，有了审美能力，即使不能实际操作，但是他知道艺术家是怎么操作的。他可以把这个还原出来。

高：对，我同意。批评家最重要的素质是审美素质。要求评论家必须有罗丹的技术才有资格评论罗丹的艺术，这样的要求是荒谬的。但是，在什么层次上谈，也很重要。一个有档次的艺评家，有自己的哲学、自己的美学、自己的品位、自己的历史眼光，能把别人没看到的东西揭发出来，阐释清楚。否则谈不上专业，编辑策划、记者采访就可以了。这些你比我懂。我看《人文艺术》，层次是比较高的。我们说商业和政治是艺术的杀手，这不是说艺术里不可以有政治。达利、列宾、杰里柯、毕加索的许多画都有政治，他们是表达自己，而不是投政治的机，这就不一样。所以，说起来，还是首先要定位在什么层次、什么语境下来谈这个问题。这个语境很重要。

查：其实，批评家在做评论的时候，他是在为作品创造一个存在的语境。

高：这也是艺术的需要。比如你讲现代艺术，你昨天晚上讲的，我印象很深刻，你就提升了我。艺评家如果不能提升观众，如果不能帮助观众更进一步理解作品，那还要艺评家干吗？

二　艺术存在的语境

浦：艺术的生命这么大的问题，恐怕不是一两句话说得清的。第二生命和第一生命，也不是可以分得很清的，有的天才儿童，比方说朱平，没有语境前提，也可以画出好画。

查：朱平是谁？

浦：朋友的女儿，才二十岁。人现在在英国。我们是在洛杉矶她家里看到她的画的。她的父亲和母亲做科技工作，都不画画。女儿爱画，他们就让她自由发挥，画得非常非常好。

高：这里说的人文精神，是最广义的人文精神。狭义的人文精神，可以狭到文艺复兴某流派某画论。

广义的人文精神，可以在不同的大背景下有不同的含义、不同的表现形式。没有精神奴役的创伤，就没有戴光郁的自由饥饿。戴光郁是中生代艺术的代表。在这个代表背后，是大量类似艺术的商品。当然在商业社会，一切制造物都是商品，即使罗丹的雕塑，也需要事先订货。没有订货，他就生活困难。但是为什么在海量的雕塑之中你立刻就会认出罗丹的雕塑，立刻被它感动？即使过去一百年了还没有审美疲劳？这里面许多问题至今值得探讨，至今有很多文章可做，不会炒冷饭。朱平是90年代在美国出生的孩子，有好父亲好母亲，无忧无虑地成长，作品中流露出来的天趣和童真，可以说是鬼斧神工。

浦：是一种天籁，随意而生动，别人学不来的。现在《纽约时报》上，还有《泰晤士报》，常会看到她的插图，您可以找来看看。

高：商业社会，竞争剧烈，人际关系紧张，交际场像假面舞会。虽然不像中国那么黑暗，商业欺诈和信用陷阱还是不少的。在这个大背景下，在这样的语境里，天真、童趣和稚气，自然会成为宝贵的人文价值。你看米罗的作品，你看克利的作品，艺术价值和人文价值是不可分割的。人文精神是多维的和丰富的，只是在不同的语境里有不同的表现而已。刚才小雨提到的那幅《哭墙》，就是另外一种人文精神。

浦：美国的电影，娱乐片多，首先是打票房价值。但是你看梦工厂的许多动画产品，《三只小鼠》的故事结构，《飞屋环游记》《卑鄙的我》里面的人物造型就很绝，银行家、地产大亨、小业主特点都很鲜明。工人像一个机器零件，金融大鳄像一堆丑陋可怕的肉山。绝了！这就是人文吧？这是不是也说明了，梦工厂、蓝天工作室那些人和进军华尔街抗议游行的那些人有共同的眼光呢？

高：这就是商业语境下的人文精神，也是鬼斧神工。

查：这样的艺术观，或者说这样的美学观，高老师在80年代的文章里流露得不少，所以我们有一个想法，《人文艺术》希望围绕"高尔泰美学思想"出版一期专辑，想请高老师为这个专辑写一篇《我的美学思想的关键词》，不知道可不可以？

高：我的美学的关键词，是感性动力突破理性结构，这个问题80年代已经讲过，我现在已经没有再来讲它的冲动。离开了20世纪的社会历史背景，我那时发表的文章就没有现实意义了。一层又一层引文的盔甲，当时是自卫的武器，现在在海外，用不着了。再看，重得受不了。比如《美是自由的象征》，是一个简单的三段论：一、美是人的本质的对象化；二、人的本质是自由；三、所以美是自由的象征。前面两个环节，我以前在别的文章中讲过，在这篇文章里大约占三分之二。只有三分之一即六千多字是新的和实质性的。有人想给我出文集，我想压缩一下，但压缩也有问题，压缩之后算是新写的，还是算以前的？

查：如果出全集，就没有必要压缩，因为你有一些文章是80年代初写的，有些是80年代中期写的，不一样，需要尊重历史本身。

高：我对出全集没有兴趣。已成历史的，就该让它过去。如果拿不出新东西，就应该销声匿迹。在公众的视野之外，也可以有个人的生活。我80年代的东西，比如和胡乔木辩论人道主义，假如没有胡文在前，提出来的问题就没有针对性。时过境迁，单独再看，有意义吗？说得好听点儿：没有了黑暗，烛光已无意义。没有了不自由的听众，自由的呐喊已无意义。那个时候年轻，十分遥远的事情，比如阿以中东战争、古巴导弹危机，都像自己的私事，盯着《参考消息》看，就像现在人们盯着股票行情看一样，黏巴得不得了。现在不了，老了有老了的好处，和世界拉开了距离，也知道了自己的限度，少了些历史的亢奋。有时候旧病复发，有些事还会上心。比如最近从孔子学院见缝插针，联想到其他一切领域无声无息的渗透，不免忧虑。再一想，历史无序，也就释然了。

查：现在全世界建立了五百多所孔子学院，企图以文化的传播改变世界对于中国的低人权状况的批评。但是，关键在于你在传播什么样的文化。如果孔子能够拯救中国，历代王朝为什么会反复更替呢？鸦片战争前中国为什么没有崛起呢？

高：孔子不是问题，孔子的被利用，才是问题。

查：高老师，您出来之前主要做学术研究，出来也做吧？

高：没有，没有资料。只写了些散文。

查：学术研究要有资料，事实上有时候学术也需要思考，没有资料正好可以多思考。

三　绝对个体的本源

高：历史上有过一个时期，公元前500年前后，也就是雅斯贝尔斯称之为轴心期的那个时期，人类出现了许多伟大的思想家，沙漠里的耶稣，菩提树下的佛陀，小巷子里的柏拉图，高山上的查拉斯图特拉，还有我们的老子和庄子，都是孤独的思想者。各自冥思玄想所得，有些还不谋而合，但却互不知道对方的存在。无须信息，自为信息源，自为辐射中心。辐射出来的思想光芒，有许多穿过时空，直到今天，才互相交织，碰撞，激发出更加灿烂的火花。现在某些土著长老的原始思维、野性思维，都具有某种神秘的力量，在全球化过程中行将消失，要研究也恐怕来不及了。

查：那个时候信息不通，资料很少。

高：50年代信息不通，除了官方的宣传和辅助官方宣传的学术文章，信息毫无。我写了《论美》，引起注意。但如果现在来写，作为无限多元中的一元，一瞬间就会淹没在信息的滔滔洪流里，像漩涡中的泡沫转眼就没了。现在是信息时代，即使是为给定的结论找论据，也可以从网络上筛选到大量只对自己有利的资料。左派引用萨特、萨义德已经觉得不新鲜了，要从哈耶克、哈贝马斯的言论中找到符合官方政治正确的说辞才像深刻。你如果要认真对付，哈维尔、米尼奇克已经不够用了，要抓胡塞尔甚至德里达的壮丁。看着都累，何况参加！这是假定有研究的条件，没有条件那就不用说了。现在的条件不是深山、大漠、菩提树,而是饭碗、信息和话语权。

查:您是说现在是没有天才的时代码?

高:有呀!现在是比尔·盖茨、乔布斯、索罗斯们的天下。在人文精神领域,就算是"江山代有才人出",也只能各领风骚一阵子。何况知名度成了一种资源,善于公关的伪才人多得不得了。人们懒得分辨也难以分辨。满足好奇心的办法就是查计算机。信息资源的丰富,反而导致了人文精神的贫乏和哲学思考力的衰退。这是时代的悖论。

查:悖论可以批判。

高:在没人关心对错的时代,批判没有意义。

查:有一种观点,说中国现在如果出现了伟大的学者是一个怪事,很奇怪的事情。为什么?因为今天的时代不许可,因为国内的学者一心做学问的很少。他受到了外在的影响,比如他要有一部分时间为了肉体生活而奔走,再加上国内大学的制度,不断地要填表。不可能填表是首席专家就是首席专家,那是你自己承认的,别人不承认。我的问题是:我觉得思想和学术是有差别的,思想不一定要多少材料,除非你做思想史,但是学术是要有材料的。学术材料的掌握仅仅是第一步，所以钱锺书当时去世的时候，我写过一篇文章，叫作《早就该走了》，因为我读钱锺书的《管锥编》《谈艺录》，实际上就是作了学问的第一步，把材料收集起来，再穿一下。他没有进一步像黑格尔那样把这些东西系统地反省、整理出一个体系来，而且这个体系是有根据的。

高：中国现在不是没有这样的人，而是没有这样的人的生存空间。

查：中国现在是这样的。1989年过后，学术界很多人也做材料，沿着当年乾嘉学派的路线。这有两种原因，一些人是想从材料的探究回避现实的问题；另一部分人在材料里边发现材料，一个是文化史的发现，还有一个是考古史。作为一种考古史，你要到现场进行田野调查；一般所谓的文化考古，其实那些该用的材料很多学者都用过了。也就说，除非你有一种新的观念穿透这个材料，否则很难做出新东西。我自己的看法，其实即便是学术，它的前提还是思想。如果学者没有一种思想的洞察力和敏锐的观察力，其实那个材料对他来讲是没有意义的。

高：是，你说得很对。才、学、识是一体的。我以前讲美学研究生必需的三个条件，一个是知识，一个是抽象思辨的能力，还有一个是审美感觉的能力。

查：其实，人的审美感觉能力，就是您以前提的和人的感性动力有关系。这种感性动力来源于个人生命的经验。我想感性动力能不能继续地划分，往前走？一个是感性的心理动力。另外，我觉得对于一个民族文化来讲是一种感性文化动力。这是不一样的：心理动力是属于个人的，文化动力属于一个群体、一个族群。整个汉人、华人有一种文化动力。这种文化动力，比如民族主义情绪很能够表达。

高：文化群体这个说法，有点儿类似卡西尔的符号动物。符号，就像图腾，必然是公共的。文化云云，主义云云，都无非公共性的符号系统。只有个体人的感觉，才有可能突破它。感觉不同于思想，感觉是一种前语言，不能描述，在这个阶段上，它才具有突破性。一旦描述，就符号化了，化进群体之中，化进结构之中，从而有可能失去动力。把握了这个短暂的环节，你才有可能把握审美的本质。所以过去教书，我常说，感觉是比思想更深刻的思想。感觉的对象不必一定是具象的实物，也可以是抽象的结构。比如一个数学方程，或者化学公式，如果它是正确的，就必定是美的。如果它不美，就肯定错误。但是要做出这种判断，你必须要有足够的数学或化学知识。知识是一种文化，所以我有时候又把感性动力称为感性文化动力。

查：记得您说过，感性动力植根于原始生命力。动物没有文化，但是也有原始生命力，您认为动物也审美吗？

高：动物很奇妙，植物也很奇妙。在一些没人看得见的地方，比如深山老林的大石头底下，有一些开得很短暂、很小的野花，非常精致、非常美丽。有一个东西，就必定有一个对象，或者说必定有一个什么需要这个东西。谁？我想象花儿会通过香气和美丽来交流、交谈；一棵树与一棵树之间是不是会通过各种味道，甚至地底下根须的交缠能够沟通？它们有没有它们的心灵、它们的审美？我们不能断然地说不可能。小海龟一出蛋壳就知道往大海的方向爬，谁教的？孔雀开屏，多是求偶，它之能求，取决于另一只雌鸟能够审美。这个审美活动同时也是生命活动。动植物既能审美，就有可能有心灵，它们的心灵就可能互相感应。因此我把审美能力看作是一种生命力，相信动植物对人可能也有感觉。这里面有许多东西、许多维度，我们还碰都没碰。

回归，还是出发？

浦：我们有一本书，叫作《灵魂与物理》。作者是物理学家，他认为灵魂有一种结构，他说什么结构产生灵魂已经成了实验科学的问题。他说现代物理学发现，有机和无机之间，有一个能够沟通的渠道。无机世界里的这个渠道，只有灵魂可以利用。对还是不对，我不知道，反正他有他的数据。很有意思。

查：是的，所以说美国的神学家保罗·蒂里希（Paul Tillich）就提了这样一个问题：我们的心灵为什么能够感应外界的一些东西，而且发现它们有结构？是我们心灵本身先有一种结构，按照这个结构来感应外面的世界；相反，除非外面的世界有结构才能感应得到。我们的心灵为什么能够感应外界的事物？而且外界的事物有结构，能够被心灵感应的原因在哪里？我认为它们是有一个共同祖先。这个祖先是什么呢？或者说它们的创造者是同一个。这相当于两姊妹，两姊妹之间尤其在成人之前很容易感应的，原因在哪里呢？他们有一个共同的父亲。如果从神学创造的角度，有可能就是同一个创造主创造了花，也创造了人这样一种感应的能力。

高：就说是造物主吧。

查：这个造物主，比如在很多山里边或者荒漠里突然有一朵小花，其实在现实中是存在的，即便是在我们没有看见之前都是存在的，它的意义在哪里呢？所以说《旧约》的《诗篇》就讲"诸天诉说神的荣耀，穹苍传扬他的手段"。这朵小花造得那么美，甚至现在我们人工造的很多都是粗制滥造，无法与之相比。我们也很难达到那个水平，但是造出来之后就是为了诉说上帝的荣耀。

高：很好，你说吧。

查：我接着说你的感性心理动力，就是感性动力。其实，在一个物质世界的层面就是指物质世界的在，比如说这个杯子在这里和一个人在这里，这是不一样的。物质世界就是一个"在"，但是对于植物的世界它是一个生长，而所有的植物都是生长；动物的特征是生存，人和这些还有差别。

高：斯宾格勒的《西方的没落》，就提到植物的生存和动物的生存的这种区别，我很欣赏。

查：人除了生存之外还有存在。这个存在和这个物质世界的在是不一样的。

高：在、生存，跟存在是两码事。就像自为和自在是两码子事。存在者只能是你自己，而不是无数生命中的一个。假如你不能创造你的自我，你一切都和别人一样，合群而大，你等于不存在。所以，存在的意义跟个体、跟创造、跟自由是联系在一起的。所以我常说，人是自我创造的生物。这个自由，或者说这个创造，包括你的思想的能力，决定你是否存在。你有没有能力想到那里去，决定你的思维空间的大小和精神维度的多少，以及上意识对于意识与潜意识的能见度。自由跟超越是一个意义。一群阿Q是不能互相促进的，只有一群思想者才能互相促进，所以在不同的文化环境里，社会的发展有不同的速度。

四 再谈绝对个体的本源

查：在人的心理结构里，比如你刚刚谈到人的潜意识。人的潜意识和动物的潜意识是不一样的。人的潜意识里边有一个我存在。我们在清醒的层面是自我意识，您刚才说的"上意识"，我是用"超我意识"。我分为人的潜我意识、自我意识、超我意识。人怎么能够从这种自我意识里边脱离出来有一个超我意识？你刚才说到了这里，就是人的思维的能力或者思辨的能力，用古希腊的传统讲就是指人的理性。理性就能够把人的自我和超我区别开来。但我的问题是：即便你把人的自我和超我区别开来，你这个区别出来的超我其实还是和人的自我相关联的。

高：自我和超我不是一回事儿，就像翅膀和浮力不是一回事。庄子有大鹏的翅膀，但是没有九万里风，就不能扶摇。蚊子不扶摇，有空气就够了。市侩没有哲学，但没有哲学，就是他的哲学。这些都是魏晋人已经讨论过的问题。

查：我觉得庄子有一个问题，他虽然是老鹰的翅膀，但是他飞到天空的一个高度的时候就发现是乌云。乌云用庄子的话说就是虚无，所以他第一篇讲《逍遥游》，游到一个高度的时候游不出去了；第二篇返回来了，就是《人间世》；他发现在华夏的地上每个人都在养生，都在生活；第三是《养生主》。

高：滑翔机软着陆，就是这样。

查：它有一个逻辑。我的问题是：为什么庄子的翅膀不能飞出去？问题在这个地方，就是人的思想的翅膀即便能够飞也是人的翅膀。基督教在这一点上的回答是不一样的，基督教认为：人有飞的翅膀，这没有问题。即便怎么飞都是人所能够达到的高度。基督教的回答是什么呢？人可以达到一个高度，但是上帝让耶稣基督成为人，相当于从直升机放下了一个悬梯把你提上去。这是儒教和基督教根本的差别。在中国

回归,还是出发?

历史上的确是有思想家的,但是严格意义上的哲学家是没有的。

高:那就要看你怎么定义哲学了。哲学不是宗教,不是科学,哲学是一种超越。庄子飞到上面看见没有什么,回来了,觉得还是地上好玩。他来去自由,这就超越了。你说有人开了一个直升机下来,可以接你爬上去。就算真有,而且能爬上去,上去了有什么呢?没什么你能下来吗?航天飞机到了木星、火星,寸草不生。我干吗要到那些灰尘里去?地球上森林江湖挺好的,是我们人类把它弄坏了。教人别弄坏自然,这是庄子的伟大之处。但是这个伟大没用,我们还在继续弄坏。霍金说二百年后,地球就不宜于人类居住了。只有移民火星,不知道有几个人能去得成?

查:世界是多维的,不是平面的。在另一个维度里,天堂很美好。

高:不同的宗教有不同的天堂,敦煌壁画里的天堂,所谓极乐世界,完全是人世间宫廷生活的复制,和释迦牟尼的原始思维毫无关系。佛陀讲的空无,现代物理学也在讲。旋转的原子,从核心到边缘很远。说原子组成万物,也就是说物质就是运动。运动中化出基因，化出生命，化出思想，都是耦合。现在发现了暗物质、反物质，宇宙中的黑洞，不知道通向何处。我莫测高深，只有敬畏。敬畏，也是一种宗教情绪。这种宗教情绪，是那些壁画毁坏不了的。

查：神的伟大，有界无边。

高：有界无边，不可思议。智慧的痛苦在于能提出问题，但是不能回答问题。

查：这个局限是来源于经验还是因为其他的原因？

高：不知道的东西，无法经验。维特根斯坦说，说不清楚的问题别说，很对。我现在大谈不可知的东西本身就是一个错误。

查：您说的不可知，我是这样认为的：我们是绝对的不可知，我们承认这是绝对的不可知，但是我们人又是一个有限者，这个绝对的绝对性不是由人这个有限者来规定的，它就是应该由一个绝对者来规定。这样来看就有一个绝对的存在存在。

高：我同意。

查：从逻辑上来讲就是这样的。

高：完全同意。问题是，逻辑是什么？数学是什么？是宇宙的语言吗？还是人类心智的产物？它能创造或者导向绝对吗？那个绝对，可以是神，可以是理念，可以是自然或者上苍，可以是大道无名，也可以只是一个把人们结为群体的原则，比如一个政党的党章或者宗教的教义。个体的认同，也可以是加入和依靠群体的手段。这和信仰有本质区别。

查：这样谈的时候就会引发另外一个问题：如果绝对者是绝对本身的话，关于它的表述是不是也应该是绝对的？如果它的表述不是绝对的就有另外一个问题，一个绝对者有很多种表述，这种表述能不能达到那种绝对又是一个问题。在我看来，如果绝对者是绝对者本身，它的表述就是唯一的；如果是唯一的话，我们就要认真对待：不同的宗教表述绝对的时候表述的效果怎么样。

高：所谓绝对，只能是一个唯一的必然。但是你别忘了，世界是偶然的，是无数偶然事件随机遇合的产物。所谓混沌，也是一个绝对。

查：您刚才讲到有的人为了面对现实加入群体，比如参加一种宗教。我有类似的经验。我到香港去过后，有人也劝我移民，我就问了一个问题："我为什么要移民？"第二，"我移民为了什么？"我可以在美国移民的话，可能生活要好一点，但是那种生活不是我想要的生活；如果我到美国来，其实它是违背我的信仰的，为什么？因为上帝既然道成肉身，上帝通过耶稣基督降在人的世界里边，是为了帮助一些人。所以，我认为我在国内还可以帮助很多人。正是这种信念本身，让我能够留下来。

我在二十多年前考您的研究生，也有一个基本的信念。这个信念是说得很清楚的，不是一个缘。因为昨天见到您，我当时想到的形象是我在川大的礼堂，是1985年还是1984年您去川大，在礼堂讲课的时候我就听了。我当时读您的《论美》那本书，有一句话我是非常受触动的："主观向客观去。"这句话，我在图书馆读得泪流满面，因为我深深地觉得主观需要向客观去。第一个层面是什么意思？其实我们人往往以为自己是活在一个主观的世界里面，但是这个主观世界又没有主观性，也就是没有它的自我。当你回到一种客观，比如外在于你的他人，还有自然的时候，你才可能获得自我，这是一个自我。另一个方面，其实中国文化是没有客观性的。没有客观性是什么意思？看庄子的一生就可以看得出来，他从《逍遥游》到《人间世》、到《养生主》的前提是什么？"我"逍遥游，"我"来到人间世，"我"在养生。他这个

"我"是没有办法摆脱出来的。"我"内化到人的心理结构里边来,我觉得人的潜我、自我、超我都是和一个"我"相关联。我的问题是什么?我作为我的存在的"我",他怎么是一个绝对存在的"我"?这就是我们一般提的问题:我作为一个个体,我为什么能够成为一个绝对的个体?

高:如果融入群体,你不能成为绝对的个体。

查:不是不能够。如果人不是一个绝对个体的话,人就没有存在的价值。人靠自己能够成为一个绝对的个体吗?不行,因为人不是绝对的。这个时候,我认为基督信仰有一个回答。什么样的回答?如果绝对者绝对存在,假如说这是一个假设的话,而且这个假设是一个事实的话,那么,我们就要认真地面对这个假设。因为,只有绝对者才有绝对性,也只有绝对性的绝对者才能赋予个体以绝对性。基督教的三位一体教义把这个问题回答了。

高:我觉得个体的绝对性不需要人家赋予,而是自己创造的。因为生为个体,他是独一无二的;世界上只有一个查常平,高尔泰也只有一个。现代科学发明了克隆技术,可以用我的细胞克隆一个甚至一群高尔泰,跟我一模一样,但是我们的经验不可能是一样的。后天经验不是基因，不可能传递过去。所以我仍然是独一无二的。这个独一无二就是绝对性。你说的这个绝对性是别人来赋予，他怎么赋予你呀？

查：基督教是这样来回答的：第一，它承认绝对性的存在，主要是根据《出埃及记》耶和华向摩西讲的那句话。摩西在荆棘中问耶和华是谁？耶和华回答："我就是我所是的那一位，我是其所是。"中文《圣经》翻译成"我是自有永有的"，我的存在是因为我自己，而且是永远存在的。基督教把这样一个特性呈现在耶稣基督里面。耶稣基督也是作为"自有永有"来到人间，基督徒是通过相信他和绝对者连接。比如说您认为您有所知，其实您真的知道您有所知吗？您凭什么知道您知不知？这又是一个问题。其前提是什么呢？是我相信我知道我一无所知。还是回到一个问题，宗教的问题是什么呢？就是回答我信还是怀疑。哲学的问题是什么？就是我思。伦理的问题是我爱。不同学科的问题是不一样的。如果始终是怀疑的时候，您也是相信的，因为您始终相信您在怀疑。

高：是，我相信我在怀疑。

查：您凭什么说您相信？

高：我了解我自己，我诚实，我不假装相信。

回归，还是出发？

　　查：您所说的诚实是什么意思呢？

　　高：诚实就是我坦诚地面对自己。

　　查：就是说，您的的确确地知道您相信。

　　高：我的的确确知道我不相信。

　　查：您的不相信还是以相信为前提的。

　　高：相信不相信，不是概念游戏。基督徒崇尚民主自由，我们价值观一致。问题是，有没有一个万能的神，能帮助我们实现这个人文价值？比如消除贫富差距；比如逆转生态恶化；比如制止人口爆炸；比如让核武化武失效；比如让鱼肉人民的强盗骗子团伙失去权力……

　　查：人能够证明的神，只是人的理性的推论，人的理性形成的偶像。但真正的上帝与人存在绝对差别。在《约伯记》里面，约伯也问了同样的问题：如果有上帝存在，我为什么要去经历这些苦难呢？而且我是一个好人，为什么要经历这种不该我经历的？所以，耶稣在他的祷告词里讲"我们在天上的父"。什么叫在天上呢？如果按照你这样来思考的话，你要的上帝是一个你想象出来的上帝。很简单，如果上帝是全能的，为什么不把希特勒那种人除掉了？这个是希特勒的想法：我不喜欢这个人，就用武力把他除掉。

我在英国的时候问坎特伯雷大主教，上帝的意思是什么？他说，让恶人在作恶中受苦。你看希特勒出来的时候，很少有快乐的时候，他在公众面前都是板着面孔的。

高：给罪人提供救赎的机会，是终极的人文关怀。受苦可以赎罪，也是四大宗教的共识。这种精神，在我们这个人文荒年，无异沙漠甘泉。我们如果从审美的角度，而不是科学的角度来处理这个问题，回到人文艺术，感觉会好得多吧？

跨越代沟

20世纪80年代,孤陋寡闻的我才第一次接触到"代沟"一词。它所指谓的,是父母子女两代人之间的鸿沟,亦可引申为不同历史阶段人们之间的交流障碍。

90年代中叶,在纽约街头见到各色人等,频频回首。最使我惊讶的,是在大商场或博物馆门前的台阶上三五成群坐着抽烟、弹吉他的朋克,多是青少年,发型服饰之奇形怪状,比之于不同种族肤色的人们,更使我有异类之感。

单说发型,就有太多种。其中之鸡冠头,又分为拉直、扇尾、斜飞、艾斯诸种。把头剃光,只留下当中从前额到后颈椎寸把宽的一条,发胶塑之,直立如鸡冠。高可逾尺,剪齐,染成七色条纹如同一段彩虹,是为直立型。此发横在两耳之间,从上下视如同一段彩虹,是为扇尾型……此外,还有与之配套的化装服饰。不晓得他们哪来那么多时间和耐心打理?不晓得他们的心思是不是也这么难以伺候?至于共同语言,恐怕就更甭提了……

我原先只知道,朋克是70年代兴起的小股音乐流派,一反当时流行的充满装饰音符的摇滚浪潮,以三个和弦走遍天下。不知道经历了什么样的流变,这股以简洁之美征服过乐坛的力量,变成了一种以如此缤纷繁复的打扮为特征的青少年街头次文化。

进入新世纪十来年,这道风景还偶或一见。看来他们的前卫,同我们的土气一样长寿。土圪垃我更体验到所谓代沟之宽,犹如八竿子都打不着的两种生物。但是有一天,两位美国女孩,小画家克瑞斯蒂和朱平的来访,改变了我这个成见。

克瑞斯蒂梳着朋克式钉子头:尺把长的黑发,分小股塑成锥形,向顶上脑后和左右四面辐射如同刺猬。辐射中心是美丽的脸:眼影银蓝,耳坠碧绿,红嘴唇上镶着一颗乳白色的珍珠。开门一惊,心想幸亏这门够宽,再仄一点儿,细瘦的她就进不来了。

回归，还是出发？

她画油画。以人们濒死时意识消失前刹那之间的表情为主题。很哲学，但是毫无前卫抽象、后学解构的意味。那些表情宁静安详。使人想起泰戈尔的诗句：生如春花之绚烂，死如秋叶之静美。我问她有过临界体验吗？回答是没有。看见过吗？也没有。全是想象。

怎么会想象这个？想象力从何而来？她无法回答，我无从知道。我只知道人比别的动物聪明的证明之一，是人知道自己将来会死。为逃避深渊，他们寻求解脱，发明了天堂来世轮回之门等等，同时也知道这些发明的虚妄和逃避之没有可能。因此人生如梦的话语，和历史同样古老。

我感到惊讶的，不是一个二十来岁的孩子已经有人生如梦之感，而是在这个自由得失重的、后现代解构语境之中，能在一个孩子的艺术作品中，听到那古老而又新鲜的话语的回声。其中没有困惑，也没有含糊。看着这些画，我感到八竿子都打不着的代沟之宽，好像缩小了一半。

朱平是出生在美国的第二代华裔，只会说英语。打扮却很中国，黑发在头顶正中盘成一个小小的髻。这种女道姑发型，我在青城山见过。见之于当今美国,颇讶异。只有一个耳环,穿在鼻孔中间,不圆,也不亮。问她为什么选择这个,她说不为什么,随意而已。

她的画也是很随意。初看有些傻气,再看都是童心。已经二十一岁了,还像个小孩子,看什么都很有趣。包括最不起眼的老鼠、马桶、豆子,画出来都有了灵性。人类感觉不到其他存在物的体验久矣,忘记了它们也有自己的心灵。但是朱平感觉到了,而且能画出来。大象憨厚、小青虫自在,街上车流的嘈杂如同歌唱,抽水马桶安静得像一只垂着尾巴的小猴子,繁华落尽裸露出本体的冬树,透着一股子土厚水深的从容气派……就连几粒不起眼的小豆豆,都好像在摇摆着向我询问:"我们美吗?"

我相信,在当前这个生存竞争如此剧烈残酷的年代,能"跟着感觉走,紧抓住梦的手",听到万物细微的语音,不仅是一份天才,也是一种福分。这些画生疏笨拙,没有加工修改。那笨笨的几根线条,表现力之丰富,不亚于细致繁复的电脑制作。好莱坞蓝天工作室和梦工厂策划出来的那些作品,卓越、超前,令人赞叹,但其初始动力,却是前瞻性票房谋略。在每一个奇异生动的形象背后,都是扎实的市场调查和案头功夫，和这些非理性、非功利和无目的的作品，不可同日而语。

非理性、非功利和无目的，这不是技术的特点，是心灵的特点、感觉和思维方式的特点。朱平小时候爱在路上捡小东西，糖纸、门票、标签、瓶盖、徽章、玩具零件……还偷偷养过老鼠和甲虫，在地上趴着跟它们玩。这有点儿像安徒生，他也喜欢在路上捡东西：一片生锈的马蹄铁，一块从镶嵌中脱落的破瓷片……都要捡起来带回家去，听它们讲故事。这些在别人看来是垃圾的东西，在他们那里，以及在德国画家克利（Paul Klee）、西班牙画家米罗（Joan Miro）那里，都有了生命的意味。

帕乌斯托夫斯基在《金蔷薇》里说，童心和傻气是艺术天才的特征。没错。我相信。我们都记得，童年时代的太阳要炽热得多，草要绿得多，雨要大得多，天要蓝得多，每一个大人无论是刨出木屑的木匠还是知道草怎么生长的科学家都有趣极了。这份生之美丽，是大自然珍贵的礼物。可惜随着年龄和阅历的增长，许多人都失去了这一礼物。极少数没有失去这一礼物的，往往就成了诗人、艺术家。龚自珍说他自己："少年哀乐过于人，歌泣无端字字真。既壮周旋杂痴黠，童心来复梦中身。"就靠了这一点点童心来复，他成了大诗人。

童心之童，无关年龄。关键在于真纯。克林姆（Gustav Klimt）的装饰性魔幻现实主义和比亚兹莱（Aubrey Beardsley）简洁的黑白装饰画，流露出来的都不是童心，而是那个颓废主义盛行的时代浸润到他们灵魂深处的颓废主义阴影。他们的共同之点，是各自的真情至性。李贺、莫扎特、梵高、卡夫卡这些文学艺术中的天才，都是生存竞争中的弱者。若问为什么会这样，就因为真情至性。所谓童心傻气，不适宜于一个物欲横流、金钱至上、势利热衷的世界。但是另一方面，天才们不被埋葬的可能，也全在于能否保持自己的真情至性。

天才不是学得来的，也不是苦练得来的。天才之天，来自先天机遇。是一种特殊的生命力，它可能生长，也可能衰退。这取决于发展条件。英国利物浦十二岁女孩曼宁，智商比爱因斯坦和霍金还高。这不等于说，曼宁将来的成就，会接近或超过他们。历史的所谓进步，主要在科技、经济领域；就文化心理而言，至少是变化不大。中世纪欧洲艺术的水准，远低于古希腊罗马时代；非洲丛林里原始部落的手鼓，可以使纽约的蓝调重金属相形失色。连毕加索和马蒂斯,也都常常到儿童画、史前岩画和非洲原始木雕中汲取灵感。事实上儿童一如大师者屡见不鲜,大师如儿童者几稀。从这一点来看,所谓的代沟问题,只是一个经验事实,不具有普遍意义,无关乎历史的进步与倒退。

现在不少和克瑞斯蒂、朱平同龄的孩子,对经济利益人情世故了然于胸,唯独没有审美的感觉,你能不能说,他们之间也有代沟呢?现在美盲而吃艺术饭,靠经营人脉投机炒作成为国际玩家或一代大师者多矣,这是商业时代的特殊景观。许多搞怪作品借现代、抽象之名以行,也不能说明现代、抽象中没有好作品。历史无序,因此从理论上讲,也不存在进步与倒退这一类虚构的路标,遑论不可逆转的时间箭头。

说哲学从古典到现代再到后现代是一种进步,同说绘画从具象到抽象是一种进步同样荒谬。抽象是对于具象的一种解构,正如同后现代是对于价值体系的一种重建。绘画中的抽象是从变形开始的,具有童心来复的意味。哲学中的解构思潮肇始于阐释学和语义分析,从维特根斯坦到德里达(尽管他声称解构不是摧毁)这一段路,越走越荒凉,直到四顾茫茫、文本之外无一物。这种情形使我想起自己经历过的口号之外无一物、独夫之外无一人的巨大历史潮流。当年中国大陆的那股潮流，很解构，很后现代，足以让加缪、卡夫卡式的荒谬和德里达式的信口雌黄相形失色。我读今人书，观当代景，真有一种时间箭头变成了迷途羔羊的感觉。也因此一看到童心的流露，就特别感动，有一种要"不合时宜"一下的冲动。"青松折取当麈尾，为子试谈天地初"，见笑了。

回归，还是出发？

一

这是在当今艺术大背景下，我阅读部分作品的一些感想。

之所以用"当今"一词，不用"现代"或"当代"，是因为后二者已经有了一个艺术史阶梯上的名位：以20世纪70年代为界，之前的变化叫现代艺术，之后的变化叫当代（或"后现代"）艺术。没有变化的就算是承袭传统，不在此列了。这种以时间为顺序的进步观，暗含着一个预设的前提：后出现的东西比先出现的东西先进。

但是，事实却并不总是如此。

历史无序，混沌中交织着许多指向不同的时间箭头。在同一年代里，不同地域、不同民族和不同国家，并不都处在同一个发展阶段上。即使在同一个国家，也可能经济进入新世纪了，政治还在中世纪。这个变化和差异是比较出来的。除了纵向的比较，还有横向的比较。单一的时间因素，在这里没有意义。何况变化也可能是逆转，不一定就是进步。更何况艺术的价值是审美活动的人文价值，它的消长并不和科技贸易经济增长等等同步。

当然科学和经济的进步，工业技术的广泛应用，也给艺术由单向的平面视角走向复合的立体结构提供了更大的可能。许多新概念、新材料和新形式如概念艺术、过程艺术、立体结构、声光色或现成物的组合等等，都得力于最新工业技术的支持。我们在公园里常常见到的、金属雕塑的纯形式，大都能带给我们或多或少的视觉享受。摩天大楼里抽象画的装饰功能，也可能让我们眼睛一亮。这一切，丰富了我们的生活，无疑值得欢迎。

但是另一方面，技术异化和商业浪潮又往往不知不觉地冲淡了许多艺术作品中的审美元素和人文精神，使之迷失在商业市场琳琅满目的货架森林里面，找不到回家（艺术）的道路。就其人文精神的含量而言，总的来说是退步了。特别是现在，信息爆炸、知识爆炸、新技术爆炸，什么什么爆炸连连。索尼刚取代柯达，迅即被诺基亚取代。苹果刚取代诺基亚，旋又被三星超越……滚滚商潮弥纶一切、带动一切，变化之快让人们追赶不及。人们追着追着，连自我都没了，遑论审美？遑论意义？遑论任何精神价值？

商业时代的艺术，越来越不在乎审美的追求。许多艺术家不再倾听心灵的呼声（如果他还有心灵的话），而去致力于标新立异追赶市场。有人反复书写一两个字，点一些同样的点子，或重复排列简单图样直至布满整个画面，叫极少主义。甚至可以少到整个画面一片空白。有人在展厅里胡乱堆放一些杂物，每天去更换一下摆放位置，叫达达行为。美国前卫音乐家约翰·凯吉（John Cage）的《无声》钢琴曲，三个乐章，四分三十三秒，没有一个音符……据说这样的艺术，是为了消解意义。若问为什么要消解意义，答案是一大堆意义。

我很困惑，把这一大堆意义看作是皇帝的新衣。

二

在《画事琐记》文中，我提到过这个困惑。孤陋寡闻，不敢多说。近读德国作家亚历山大·封·笙堡（Alexander von Schonburg）那本有名的书*Die Kunst des stilvollen Verarmens*的译本，深有同感。他是1969年生人，不到五十岁，和不少大红大紫的当代艺术家都有过从。他关于艺术商品化的言说，不只是他自己的，也是许多当代艺术家的。读其书，颇觉吾道不孤，深受鼓舞。

他去拜访著名的英国艺术家达米恩·赫斯特（Damien Hirst）时，后者正在伦敦举办主题为《震撼》的个展。规划成专区的一件作品，题目叫作《千年》。一个非常巨大的玻璃柜，从中间区隔为两个部分，只开了一个窗子做通道。一边放着一大盆糖，一边放着一个血肉模糊已经开始腐烂的牛头。上千只被这两道美味大餐弄得兴奋异常的苍蝇，嗡嗡两头飞。经纪公司对这件惊悚骇人的作品很得意，展厅中不断播放着说明。观众们屏息凝神观看，一脸虔诚。

专家学者们则在报纸杂志上探讨、发掘、争论作品的真谛。有人说它展示了现代消费者的行为模式，有人说它诠释了永恒的主题生存与死亡……当然可以这样联想，但没有审美的愉悦。赫斯特感到沮丧，和经纪公司掰了，在伦敦开了一家餐厅。既已成名，餐厅也成了"真迹",又得以在苏富比高价卖出(尽管如此,新经纪人仍不高兴。因为拍卖整个餐厅,会让那些瓶瓶罐罐的单价暴跌)。赫斯特本人,则得以度过了一段自由快乐的乡野生活。

在美国,同样的情况可以杰克森·波洛克(Jackson Pollock)的"滴画"为例。那一团一团随意飞洒泼溅出来、交织纠缠如同乱麻的点和线之所以走红,策展人和艺评家功不可没。有说是阐释了永恒无限的混沌与无意义;有说是显示了严谨的秩序;有说是观众最初的混乱之感并不是幻觉,后来被引导看到的秩序才是;有说那些画激情四射,是无拘无束的美国性格的典型表现,是跳脱欧洲传统的、抽象表现主义的经典,带给人以无边的想象;还有把他的作画过程也算在一起,说他的画是行动艺术的先声……评论也像图画,恍如一团乱麻。不管怎么说吧,作品因而卖出天价。只是画家困惑,无言以对,日在醉乡。年未半百而去,被人疑为自杀。

同这些极端复杂的作品相反,极简主义也有自己的极端。纽约画家雷曼(Robert Ryman)的《无题》,白色画面空无一物。俄罗斯画家马力维奇(Kazimir Malevich)的《黑方块》,整个画面一片漆黑，也空无一物。"学者"们对于这两端的极简，评论说辞却与波洛克复杂的点子大致相同：说它们都表现了宇宙时空永恒的无限与混沌、阐释了生命流程中此时此地的有序或无序、有意义或无意义。直到2015年，专家们发现《黑方块》内含着一行作者题词："黑鬼打架"（一说是"黑鬼在黑夜里打架"），说明这幅天价名画除了种族歧视以外并无深意，也证明了那些神乎其神深奥莫测的赞美之词都不过是皇帝的新衣。

由此可见，在当今的艺术市场上，作品是什么，这不重要。重要的是把它说成什么。2015年9月，叙利亚难民三岁男孩伏尸海滩的照片，令全世界心碎。那是真正的悲剧。有位艺术家就跑到海滩上摆拍了一张同样姿势的照片，据说是要放大悲剧，引起更多人关心难民，是人道主义精神的发扬。但是那胖大汉子伏地装死的形象，给人的感觉却是对孩子缺乏同情和尊重的利用。恰恰是悲剧被做成喜剧的悲剧——双重悲剧。人们的视觉经验和艺评家们赋予它的这样那样的审美价值深刻思想甚至政治意义毫无关系。不知道艺术家和他的经纪人是否会意识到，这件作品是打错了算盘？

回归，还是出发？

　　我说这些，不是说所有离不开某种解释，否则就看不懂的作品都是皇帝的新衣。我是说在商业市场上，艺术与非艺术的界限已经太过于模糊，货架上皇帝的新衣越来越多。这不光是制造商和经纪人的责任，同样也是消费者的责任。2016年，十七岁的少年卡亚坦（Jt Kyatan）在旧金山现代艺术博物馆展厅的地面上放了一副眼镜。人们围观议论拍照，俨然神圣展品。当然那是误会。但，假如那不是小孩子的恶搞，而是某个走红的策展人的精心安排，说不定那就是，比如说，"灵魂的窗户"，或者"万物之门"，和杜尚的马桶、劳森伯格的纸箱有得一比。

　　皇帝的新衣成为高端艺术市场上的流行产品的事，对于曾经见识过"领导出思想、群众出生活、作家出技巧"的"三结合"盛况的我们，不会太惊讶。要不要修改艺术的定义？这不重要，没有人在乎这类问题。人们在乎的是利益。但是把一副眼镜当作审美对象，并不有利可图。那么为什么呢？行为金融学指出，除了理性的分析，投资很多时候是由于动物性盲目冲动。表明市场的张力来源和人性有很大的关系。这个观点可以参考。

　　艺术市场应该也不例外。从商业的角度来看所谓的艺术活动,包括生产活动和消费活动(观众的欣赏活动),其趋势、变化和市场表现之间,同样存在着一面折射人性弱点的棱镜。比如从众:赶时髦、跟风,羊群效应和约拿情结交织。比如守旧:巴甫洛夫的狗不想理解薛定谔的猫。不想理解,却又缺乏自信,不知不觉成为了主流舆论、结构性文化心理的俘虏,几乎是正常的必然。也因此,当年困扰赫斯特的问题,并没有因笙堡的揭露而消失。曾几何时,全世界的美术馆都争着展出赫斯特的腐烂牛头,收藏家和金融界都在抢购他那些泡在甲醛里的动物尸块——似乎只有那才是配得上银行董事长办公室的装饰品。跟风受众不跟这个,还能跟什么呢?

商业化无远弗届的力量,可以化腐朽为神奇。各式各样艺术活动的举办单位和策展大腕,博物馆、画廊、电视台、经纪公司、公关公司、剧院总监……为了争夺市场吸引观众目光无所不用其极,甚至互相抄袭成功的行销经验。这一切已经和艺术没有什么关系了:作品在这里,不过是营销策略的实验品而已。

艺术曾经是宗教的奴仆,也曾经是暴政的奴仆,现在商品化了。策展人、拍卖行、艺评家、理论家们加入活动,把风马牛说成是比如宇宙意识、老庄哲

回归，还是出发？

学、书法精神、另类介入或灵魂的冒险等等，都不奇怪。愈是没根没据不着边际，愈显得莫测高深；愈莫测高深，愈能让不懂的人们到最昂贵的售票处排队，觉得让别人看到自己在这种地方出入，值得自豪。

不知是作品追赶受众，还是受众追赶作品。总之追着追着，人们都不知道自己是谁了。自我丧失，是人文失落的典型表征。陷入同样境地的也有语言的艺术——文学。最近美国出版界的一大新闻是，一位浪漫小说家（Sylvia Day）尚未完成的两本描写性虐待的新书，预支版税千万美元，比J.K.罗琳的《哈利·波特》还多。个体性文学事业，经由商业操作，变成了经济动物的文化生产和文化消费的群体性方式，让那些视文字为生命、十年磨一剑的作家们，感慨不已。

听到那种感慨，我感到无限宽慰。后者虽已式微，但是没有也不会绝种。他们宁愿清贫，宁愿被风雨追赶，也要真诚面对自我，面对世界。用自己的眼光，影响别人看事物的眼光。不管你爱听不爱听，都要发出自己的声音。带着情感，带着价值观和意志的力量，声声都是天籁，故能摇撼别人的灵魂。这种天籁中的人文——艺术的人文精神，存在于任何时代、任何社会。只不过在有些时候、有些地方被压抑，有些时候、有些地方被高扬而已。

但是，压抑也可以是另一种高扬。许多伟大作品出现在历史上最黑暗的时代和社会，比如文艺复兴时期的欧洲，比如19世纪的俄罗斯，绝非偶然。反之亦然。在我们所生活的这个星球，各地自然条件不同，所形成的民族性格不同，当然地影响到艺术的风格。而今全球化趋势下商业对艺术的冲击，无处不在；即使是政教合一的专制国家，即使是无神论的警察国家，也都无可幸免。正因为如此，在那样的地方，人的非人化反而更能唤起艺术家的激情与灵感，从而成为艺术进步的动力。我们至今记得，20世纪80年代中国的"新潮美术"那股子泼皮式幽默，就正是"文革"巨大灾难的产物。而随着市场开放，商潮滚滚，钱权至上，吃婴尸艺术、钻牛腹艺术、"下半身写作"和没法子看懂的写作等等之类，折射人性弱点的棱镜也就都出来了。

三

2015年，《人文艺术》主编查常平先生发来一批"大地艺术"浮雕和多材质"老万头像"系列的照片。在上述背景下，作者王刚的这组作品，呈现出一种新的活力，至为宝贵难得。

广义的大地艺术，包括一切空中鸟瞰的景观设计。有追求审美效果的纯形式（如沙漠螺旋、麦田怪圈），有追求实用而客观上具有审美效果的设计（如山坡梯田、多层立交桥）。狭义的大地艺术，是由"极少主义"艺术简单、无细节形式发展而来的所谓"回归自然"的艺术流派，肇始于20世纪六七十年代的美国。王刚的贡献在于，他突破了这门艺术抽象的、几何图案的纯形式，而赋予它以一种前所未有的现实主义人文精神。

"老万"是万众百姓的通谓，劳苦大众的别称。以老万为主体，也就是以人为本。这个人不是抽象的人，也不是帝王将相、才子佳人，而是同在社会底层、各有不同个性与面孔的芸芸众生。要表现出这同中之异和异中之同，不是单凭纯熟的技巧能够做到的。艺术家必须有浩大的悲悯情怀，得以让审美的眼光停留在社会的最底层，才有可能。

20世纪80年代罗中立的油画《父亲》之所以感人至深，是因为经过长期的人异化为齿轮、螺丝钉、铺路石、鹰犬或炮灰，唯独不成其为人的时代之后，中国大地上的人们，对人的复归极度渴望、极其敏感所致。但是它在技术层面上，主次不分的全面细致带有纯自然主义的性质，加之构图挤迫，仍不能和当时另一些杰出的人物画家艾轩、何多苓，乃至后来的方力钧等人相比。就题材的性质而言，《老万》系列属于《父亲》一类，但表现力远远超出了《父亲》。那一个又一个粗犷、坚忍、木讷到近乎麻木的面孔，无不深深刻画出中原大地辽阔厚土上岁月的艰辛。它们哑默无声，但你看着看着，似乎听到了粗重的咳嗽与喘息……面孔之外无物，但你看着看着，仿佛看到了他们背后的秃树荒村标语红旗，闻到了混合着沙尘、畜粪和炊烟的汗水、泪水和血水的气味……

最是那些隆起在黄土地上的巨大人面——那些由一个接着一个的老万头像组成的大地艺术，更展现出中国底层人民命运共同体浩大无边的沉痛。随着岁月推移，苍翠草木掩映住它们褐色的眉间眼角，高低楼房矗立上它们的额头耳蜗。空间艺术之中，渗入时间艺术的因素，赤裸裸呈现出历史的无情。百代沧桑，瞬间可感，商潮涨落石不转，得失兴亡尽在斯，鬼斧神工，何其壮观！

如果说，全球化商业浪潮对艺术的冲击是一面折射出人性弱点的棱镜，那么，这些大地之子发自肺腑的浩叹，则是一面折射出人性强点的棱镜。在其中人文进入了自然，自然亦进入了人文，共同展现出一个苦难深重的民族坚韧不拔的生命力的强劲。

中国山水画探源

一

中国画的发展有两条线索：一条是包括宗教壁画在内的工匠画，以人物画为主；一条是包括书法在内的文人画，以山水画为主。

文人画始于魏晋，到宋代成了中国美术史的主流。中国美术史的一大特点，是题材由神怪人物转向山水竹石；技法由金碧重彩转向水墨渲淡；风格由严谨的装饰性转向抽象的抒情写意。这个发展过程，延续了一千三百多年。

中国历史上的文人，所谓士大夫，是一个处于公卿和庶民之间的阶层。有一定的文化修养和物质生活来源，进可以兼济天下，退可以独善其身。因此他们

回归，还是出发？

的思想倾向，有"先据要路津"的一面，也有"富贵非吾愿"的一面。得其时则进，不得其时则退。他们主观上保留着这为人处世的两手，客观上除此以外也没有别的路可走。而在那个时代自然经济的基础上，自给自足的山林和农村的普遍存在，又为他们的尘外之想提供了现实的场所。所以他们谋官不成，就谋隐。谈论箕山之志、江海之志的习惯，历久长存。

中国哲学把隐这件事，看作是天下无道的征候。《周易》中有"天地闭，贤人隐"之说，这是儒道两家都认同的。孔子《论语·泰伯篇》云："天下有道则见，无道则隐。"庄子《缮性篇》云："古之所谓隐士者，非伏其身而不见也，非闭其言而不出也，非藏其知而不发也，时命大谬也。"如果一旦天下有道，隐也有可能变成非隐，像先秦时期的伊尹、傅说、姜尚、鬼谷子，秦汉三国时期的黄石公、张良、司马德操、诸葛亮，南北朝时期的王猛、陶弘景，唐代的魏征，宋代的陈抟，元代的刘秉忠，明代的刘基、周颠，清代的范文程等，都是出了名的这种人。

这种进退有据的条件，使得他们中的一些人，有可能仅仅为了爱好，而不是为了谋生，从事艺术活动。于是没有实用价值、只有审美价值的山水画，得以形成和发展。

二

不同时代的隐士，有不同的社会地位和思想情况。传说中禅让时代巢父、许由等人笑傲公卿、有所不为，在山林里、江海上过着自食其力的简朴生活，被称为高人或者高士。孔子和屈原都曾受到他们的当面嘲讽。对于他们，孔子只淡淡地说了一句"鸟兽不可与同群"。屈原则什么也没有说，"遂去，不复与言"。

汉代罢黜百家，尊崇儒术，博士满朝，士大夫们皓首穷经以期求得一官半职，隐退之声暂时零落了。随着汉法制的崩坏，近臣、外戚、宦官争权，士大夫们仕路崎岖。加上钦定国学已变成烦琐章句，新兴的玄学与佛学更具避世倾向。隐退之风又开始高涨。《后汉书》写道："是时裂冠毁冕，相携持而去之者，盖不可胜数。"

魏晋人通过才性之辨、言意之辨、有无之辨，终于将名教归本于自然。追求名教与自然的合一，对于朝廷百官来说，实际上是为了修补朽败的东汉统治理论。对于一般士大夫来说，追求名教与自然的合一，实际上是由于失掉了依傍，企图把现实的悲剧，转化为思辨的喜剧，来适应那个师法无常的现实。这股风潮的背后，是一股子深重的忧患意识。当时流行的玄言诗和游仙诗，是其在文学上的反映。

但是思想上的幕天席地，并不能增加安全系数。黄粱枕上，碧玉壶中，也逃不脱现实的忧患。比较方便和实际的出路，也只有高蹈远引，做一个隐士去。于是不少人竟日登临，不少人隐居深山，不少人甚至遁迹空门，"买山而隐"，以皈依为栖遁。

这种独特的时代思潮和社会风尚，给当时文化的发展带来了巨大的影响。反映在文学方面，是玄言诗、游仙诗、山水诗、田园诗的相继而起。反映在史学方面，是"贵德义，抑势利，进处士，黜奸雄"。"宰相无多述，而独表逸民，公卿不见采，而特尊独行。"（《十七史商榷》卷六十一）不但范晔书如此，王隐、孙盛著述，亦复如此。甚至有人出来专门搜集高人逸士的事迹，辑为专著。如皇甫谧的《高士传》，选录标准是"身不屈于王公，名不耗于始终"，连伯夷、叔齐都没有包括在内。

"文未尽经纬而书不足，然后继之以画"，这种时代思潮和社会风尚的影响反映在美术方面，便有了图画高人逸士的绘画。这种题材的图画，正是山水画的前导。

三

魏晋以往的绘画，普遍以神怪人物、经史故实为题材。其性质不过是"成教化，助人伦"。汉画人物，大都是忠臣、烈士、孝子、节妇、孔丘及其弟子。王充《论衡》记载，汉帝图画功臣于麒麟阁上，僚属之像或有不在画上者，其后世子孙都以之为耻。我们看敦煌壁画中的人物画，可以想见其金碧重彩的风格。

魏晋以降，儒学失势，经史故实、忠孝节烈之类的题材，难得有人画了。魏晋画家除道释画以外，多取材于高人逸士，玄学胜流。传嵇康画过《巢由洗耳图》；卫协画过《高士图》；戴逵、史道硕、顾恺之等人，都画过《竹林七贤图》。顾恺之评论戴逵的《竹林七贤图》说，"以比前竹林之画，莫能及者"（《魏晋胜流画赞》）。可见"竹林七贤"的题材，在戴逵以前，就已经很流行了。

1957年河南邓县六朝墓出土的画像砖上，有一幅"商山四皓图"；1960年南京西善桥六朝墓出土的画像砖上，有一幅"竹林七贤图"。说明绘画发展到南朝，连民间砖刻都引用士大夫画稿中的高士胜流了。"商山四皓"是汉代隐士，隐居商洛山中，因以为名。"竹林七贤""登山临水，竟日忘归"（《晋书·阮籍传》），常会集于竹林之中，成为玄学清流的典型代表。他们的图像之成为墓葬中画像石的题材，标志着汉末魏晋之际社会思潮的大转变，表明当时人们崇仰的视线，已经由正统的圣贤、忠烈，渐渐转向异端的高人逸士。

绘画中的高人逸士，是山水画的前导。正如当时诗歌中的漆园义疏、王乔赤松，是山水诗的前导。高人逸士，必在山水之中。其画像必以山水树木为背景。一开始，有"水不容泛，人大于山"之讥。后来山水越大，人物越小。直至人物隐去，山水成为主体。本体论的哲学追求，转向了把自然作为人的表现的艺术追求。

四

魏晋以前的画图作者，都为民间匠师，即当时所谓"尚方画工"（像毛延寿、刘旦等）。按照雇主的要求，把一些在观念上或文字中已经完成的东西被动地再现出来。东汉末叶才有蔡邕、张衡、赵岐等少数士大夫偶尔业余作画。顾恺之以后，作为文人而从事绘画的画家渐渐多起来了。这部分人的社会地位和物质生活条件，使他们有可能"能事不受相迫促"，有可能比较自由地进行创作，比较充分地表现自己的思想情感。这就不但给绘画带来新的内容，而且带来新的性质。

有谁需要高人逸士的图画吗？当然不是朝廷，也不是寺庙，只能是士大夫们自己。为自己而作画，主动地画自己想画的东西，这使得绘画的功利因素之中，出现了抒情的因素。创作的被动过程之中，出现了自觉的过程。顾恺之的《画云台山记》、宗炳的《画山水序》、王微的《叙画》，都是从审美的角度，来谈论画山水的动机、感受和心得，正是这种自觉性最直接的说明。

后世论画者把画的本质归结为诗的本质，也正是启渐于这个自觉。从人物到山水之间，魏晋胜流和高人逸士的题材，是一个过渡的桥梁。《晋书》载顾恺之画谢鲲像，说"谢云一丘一壑自谓过之，此子宜置丘壑中"。在这里山石丘壑已经是作为人格的象征，亦即主题的一部分而出现在画面上。同样，四皓之出现在山石中,七贤之出现在树木中,也都不是偶然的。随着崇尚自然的风尚和希企隐逸的思想日益发展,山水之美日益成为画家们灵感和冲动力的源泉。

于是在他们的画面上,人物与山水的比例,前者越来越小,后者越来越大,先后出现了晋戴逵的《郯山图卷》《吴中溪山邑居图》;晋夏侯瞻的《吴山图》;晋戴勃的《九洲名山图》;宋宗炳的《秋山图》《永嘉屋邑图》;宋谢约的《大山图》;宋远公的《江淮名山图》;齐毛惠秀的《郯中溪谷村墟图》;梁张僧繇的《雪山红树图》;梁陶弘景的《山居图》,以及包括展子虔《游春苑图》在内的各式各样的《游春苑图》。所传的这些画,真迹荡然,已不可考。误传伪托,都有可能。但是不管个别情况怎样,总的趋势是清楚的。

正如宋郭若虚《图画见闻志》所云,"若论佛道人物、仕女牛马,则近不及古;若论山水林石、花禽竹鸟,则古不及近"。在魏晋南北朝,前者好像是秦汉艺术的晚霞,在一个很高的起点上,沿着逐渐下降的路线发展;后者恰像是唐宋艺术的曙光,在一个很低的起点上,沿着逐渐上升的路线发展。这个转折的契机,就是人的自觉所唤醒的艺术的自觉。

五

周秦以降，历代高人逸士的生活来源，不外是小生产，如耦耕、捕鱼、打柴、采药、行医、蚕桑、锻铁或开讲授徒。据《册府元龟》卷八九载，还有养卖兔子的。这种生活，当然清苦。这种环境，当然原始。汉代《招隐士》一义，亟言隐居的凄凉和困苦，音调急促凄厉，而结以"王孙兮归来，山中不可以久留"（刘向编《楚辞》卷十二）。可见古人追求山水生活，是因为它的善（平安、淡泊，与世无争）而不是因为它的美。他们淹留山泽，与鸟兽同群，是出于不得已。没有人会对清苦原始感兴趣。

随着科举制代替九品中正制，士大夫们或者食禄朝廷，或者安居采邑，"百亩耕桑五亩宅"，一一都成了地方官和中小地主。"遁迹不出者，才斑斑可数"（《新唐书》卷一九六）。朝廷为了粉饰太平，"重贞退之节，息贪竞之风"（《旧唐书》卷一九二），又对这斑斑可数的一部分人表示嘉奖，或赐财，或赐官（征辟），使隐退这件事成了一种有利可图的进身阶梯。于是许多想当官的纷纷以退为进，一窝蜂都来走所谓终南捷径。以致即使是真隐士，也被人怀疑动机,不大被瞧得起了。

从前是"京洛多风尘,素衣化为缁",这时即使在山林,素衣也会化为缁了。真假隐士之间,人格判若云泥。但从迹象上来看,却又扑朔迷离。区别的标志,只在于是否真正安于清苦、原始和简陋的生活,从其中得到乐趣。从而"筚户不扃、庭草芜径"之类,就和一定的人格理想和道德价值联系上,作为假隐士虚伪人格的对立面,作为穷奢极欲、肮脏而又紧张的宫廷生活的对立面,成为人们的审美对象了。

所谓美,它不但包含着现实现象本身的特性,也包含着审美主体对生活的评价和要求。士大夫阶层对生活环境的这种评价和要求既已产生,他们对于山林田园的追求,就不但是为了它的善,而且也是为了它的美——而且往往首先是为了它的美了。

唐宋以来,中国士大夫们在经营山庄、别业的时候,有一种对于非规范性和不对称性的偏爱,不是像欧洲贵族修建乡间别墅那样,把道路量得笔直,树木修剪成几何形,喷水池砌起图案形石栏,力求处处对称显示出人工匠心。而是相反,他们追求自然景物的天然自发状态,越原始越好。"应怜屐齿印苍苔,小叩柴扉久不开",青苔上都不肯微留人迹,更不用说在花木上斧凿加工了。如果要加工的话，就是把自然现象使人联想到人工匠心的地方予以改变。例如把齐的拂乱，把直的扭弯，突出一隅而又留下大片空白，并且还要把这施工的痕迹掩盖起来。

他们追求"疏林欹倒出霜根"，追求"疏影横斜水清浅"，追求"苔痕上阶绿，草色入帘青"。当初乘化委运、不成文法的自然境界，到后来成为规定的、刻意追求的人工境界了。不管多么富裕，不管有多少童仆，他们是不肯破坏环境的这种天然自发状态的。甚至室内陈设，也力求简单。"客来茶室空无有，盘中只有水晶盐"，以此为美。王维隐居辋川的时候，很富有，他的弟弟还是宰相。但他的辋川别业，据《旧唐书》记载，"室中只有茶铛、药臼、经案、绳床"。

在这里，需要因为超越了自己的物质规定性而成为一种快乐的源泉。人们不是通过属于他的事物本身，而是通过这些事物所表示的他是什么样的人，而获得这种快乐。于是对于同样的事物之需要，便由物质的升华为精神的，并且由精神的外化而为对象的美了。

这时期的诗文辞赋之中，以对自然美的歌颂来代替或象征对于某种高洁人格的歌颂，已经是很普遍的事。山水画作为反映这样一种自然美的艺术，就不能不寻找与之相应的形式。士大夫们思想上、生活上的追求自然、师法自然，必然推衍而为艺术上的追求自然和师法自然。于是随着山水画的发展，便有了水墨渲淡技法的出现。

六

六朝绘画，在汉代帛画与壁画的传统基础上，接受了西域佛教艺术的影响，其基本风格是错彩镂金、精雕细琢的装饰性风格。相传顾恺之画云台山，张僧繇画一乘寺壁画，展子虔画《游春苑图》，都是如此。这种形式，所谓"金碧青绿""金碧重彩"形式，是早期山水的普遍形式。它发展到唐代李思训父子，达到了最高峰，往后就开始走下坡路。

李思训画的山水，树法用夹笔，山石法用小斧劈皴，青山敷绿，白云施粉，有时还以金线勾勒，效果极为绚烂富丽，金碧辉煌。李思训是皇族嫡系，高官厚禄，这种画风是和他的生活相适应的，所谓有"庙堂气"。

山水画作为对官与禄表示轻蔑和反感，追求自然美、追求孤高淡泊的生活理想和人格理想的艺术，是和李思训的画风格格不入的。豪华工整的艺术形式，正如同笔直的道路和平顶的树木，恰恰是破坏了自然美。不但不能"肇自然之性，成造化之功"，而且在这方面为道日损、"功倍愈拙"；纵然是"笔无妄下"，仍难免"迹不迨意"。这里存在着内容与形式的矛盾，凡金碧青绿山水都存在着这个矛盾，所以李思训后继萧条。而王维、卢鸿一起，画山水者众相师承，水墨渲淡技法，便逐渐代金碧青绿法而成为山水画的主要技法了。

王维在安史之乱以前，热衷仕进，出世思想还不浓厚，画风青绿工整，树木多用双钩，近于李思训。安史之乱以后，因为自己曾经失节，气馁心虚，"悠然策藜杖，归向桃花源"，笃信佛学，深居辋川，画风才"出韵幽淡"。他的名作《辋川图》，就是这时画的。和以前不一样，用水墨渲淡的方法，在吴道子"有笔无墨"的基础上，用偏锋代替中锋，把线扩展到面，同时色彩也化浓厚为轻淡，达到"山谷盘郁，云水飞动，意出尘外"（朱景玄：《唐朝名画录》）的境界。

卢鸿也是隐士。《新唐书》说他隐居嵩山，开元时,玄宗征他当谏议大夫,他固辞不受。他的名作《嵩山十景》,和王维的《辋川图》一样,也是切身体验的产物。从后人的摹本来看,也是用水墨渲淡法画的,"笔意位置,清气袭人"(《图绘宝鉴》),可以想见当时原作所寄托的思想感情。《宣和画谱》评论他的画说:"非泉石膏肓,烟霞痼疾,得之心应之手,未足以造此。"

笔墨构图越来越精简,而意境、情趣却越来越丰富。技法的这种进步,实践地呈现出特定美学观点的发展和深化。王维、卢鸿以后,凡画山水得名者,如项容、郑虔、王恰、张璪、朱审、毕宏、韦偃、王宰,几乎都转向了水墨渲染技法。金碧山水,日趋寥落。

初期的水墨山水,还没有什么完整的技术原则和理论体系,画家们或用秃笔,或"手模绢素",或"泼墨翻澜",或既钩斫而又渲淡,但求能达到"天机迥出""意玄冥化"(《唐文粹》)的境界,是不择手段的。他们自觉地、有意识地要达到一个什么目的,因此手就能随心所欲,就能区别主要的和次要的、重大的与微末的。所谓"默契造化,与道同机"。这一切不在于才能,不在于博闻详记、惨淡经营，而在于追求和表现什么，在于作者的世界观和艺术观。

后来荆、关、董、巨，乃至李成、范宽、郭熙的创作实践，都是沿着这条道路发展的。他们的作品，达到了很高的水平，超越了唐人的成就。但其要不过是把唐人的无法之法，变为成文法罢了。

七

如果要给中国山水画技法的发展分阶段的话，我们可以说，唐代是确立水墨技法的阶段，宋代是确立写意原则的阶段。所谓写意原则，就是以意为主，重表现而轻模仿，讲意境而不讲写实，把人品放在首要地位，而把客观事物的形象放在次要地位。艺术中客观事物的形象，不过是表现思想感情的导体或媒介，所以似与不似，都无所谓。

以意为主的美学思想，哲学根源可以上溯到先秦。作为绘画的自觉，始于魏晋，成于宋代。宋以后的画论，没有不强调意境和人品的重要的。许多画家，甚至把意境和人品的形成作为技法训练的一环来论述了。"人品不高，用墨无法"；"人品既高矣，气韵不得不高，气韵既高矣，生动不得不至"；"惟其品若天际冥鸿,故落笔便如急管哀弦,声情并集,非大地欢乐场中可得而拟议者也";"所谓画者,不过逸笔草草,不求形似,聊写胸中逸气耳";"画者当以意写之,不在形似";"读万卷书,行万里路,胸中脱去尘俗,自然丘壑内营";"点墨落纸,大非细事,必胸中廓然无一物,然后烟云秀色与天地生生之气,自然臻泊笔下,幻出奇诡。若是营营世念,澡雪未尽,即便日对丘壑,日摹妙迹,到头来只与髹采圬墁之工争巧拙与毫厘也"……这种美学思想,自然会形成一种与之相适应的形式规范。

这个规范,也就是要求简淡、真率。在宋人看来,连吴道子的画也已经过于繁复,过于圆熟,出奇无穷,而未脱尘俗,近于工巧,当"痛自裁损",当矫之以"木强之气"。有的画家甚至反其道而行之:"不使一笔入吴生"。欧阳修说:"萧条淡雅,此难画之意,画者得之,览者未必识也。"米友仁说:"画之老境,于四海中一毛发事,泊然无着染。"苏东坡说:"笔势峥嵘,文彩绚烂,渐老渐熟,乃造平淡。实非平淡,绚烂之极也。"这种平淡美学,发展到后来,就是惜墨如金,得意忘言,"愈简愈佳","愈简愈入深永"。要求"熟而后生","画到生时是熟时"。生就是拙，就是朴。就是简淡高古，超脱尘俗之气。如果"营营世念，澡雪未尽"，单凭笔墨技巧，自然做不到这一点。

于是董源、范宽的雄奇浑厚，一变而为马远、夏圭的苍茫空阔，又一变而为大痴、仲圭的简淡萧疏，不是偶然的。

至此，我们不妨再回味一下老子的话：大音希声，大辩若讷，大巧若拙，大智若愚。中国艺术与中国哲学，默契如此。

八

与写意原则相联系，绘画一方面越来越简淡朴拙，一方面越来越抽象化。抽象化的要求，在宋以来的画论中被表述为"不求形似"。自从苏轼提出论画不以形似，宋、元、明、清画家们一致表示认同。"不计纤曲形似"，往往以诗论画。

唐代的"诗中有画""画中有诗"，是说诗中有画意（有个性化、情感化、人格化的具体形象）和画中有诗意（有深度、有境界、有激情、有理想，言不尽意而意在言外）。宋代的画中有诗和诗中有画，已不仅是这个意思了。宋以后的画家们干脆直接把诗写在画上,"画者,诗之余也",内容上的统一发展为形式上的结合。"意在不似者,太史公之于文,杜陵老之于诗也。"

中国绘画与中国文字的关系,也有助于文人画的抽象化。"言,心声也,字,心画也",由形声、会意、象形发展而来的中国文字,其结构本身就是一种萌芽状态的表现性,它发展成书法艺术,而与绘画合而为一。书法通过亢柔疾徐、抑扬顿挫的笔墨变化,以及燥湿、浓淡、疏密、偏正等等的多样统一,达到"达其性情,形其哀乐"(孙过庭)的目的,而又不涉理路,不落言筌,成为一种点和线的交响诗。这种书法美学,与绘画美学相通。"士大夫工画者必工书,其画法即书法所在","石如飞白木如籀,写竹还应八法求","郭熙唐棣之树,文与可之竹,温日观之葡萄,皆自草法中得来"。这种看法,宋元明清以来,可谓众口一词。

书画不仅同源,发展途径也大致相同。正如魏晋以前的绘画都是功利的绘画,魏晋以前的书法也都是功利的书法。不管石鼓文和汉碑中有多少高古的气息和遒劲的力度,它们当时的制作都是为了实用。书法成为一种艺术,启渐于三国时代的钟繇,随之魏晋南北朝出现了许多不求实用的书法艺术家。到唐代，"忽然绝叫三五声，满壁纵横千万字"，几乎完全变为作者无意识中积聚起来的心理动力的随机爆发了。到后来画家们以书法作画，熔诗、书、画、印于一炉，从而形成了举世无双的水墨写意山水画。生于忧患，反本抱一的中国哲学，在其中得到了最充分的表现。

九

纵观一千三百年来中国山水画的发展，其最高峰在宋代，到清代就没落了。

有宋一代，朋党轧轹，戎马倥偬，对于山水画的发展，从反面起了推动作用。而以致知格物为要的程朱理学的兴起，对于水墨技法的轻形似而重精神，抒情写意的象征手段，亦为极大的支持。王维的画，到宋人眼中，已是"刻画不足学"（米芾《画史》），被荆浩评为"用墨独得玄门，用笔全无其骨"的项容山水，到宋代的《宣和画谱》中，竟被评为"笔法枯硬而少温润"了。

明王肯堂《郁冈斋笔尘》云："前辈画山水，皆高人逸士，所谓泉石膏肓，烟霞痼疾，胸中丘壑，幽映回缭，郁郁勃勃，不可终极，而流于缣素之间，意诚不在画也。自六朝以来一变，而王维、张璪、毕宏、郑虔再变，而荆、关三变，而董源、范宽、李成极矣。"这个概括，是大体符合史实的。但这"极矣"，也是它没落的开始。要说的话都已经说完，要再说不免重弹旧调。开放的、感性的追求，至此完全变成了封闭的理性结构。动力变成了重力，创造变成了重复。旧调重复得越多，生气勃勃的劲头也就越少。

这不是说宋代以后山水画没有进一步的发展。倪黄四家比之于荆、关、董、巨，还是有很大的不同，不同之处就在于元画更偏重于写意。而就意境而言，更趋向于追求荒寒空寂。这种发展是向深度发展，而不是向高度发展，就美学的高度而言，仍当以宋代为最。如果说宋画是"意在言外"的话，元画则是"得意忘言"。明董其昌云："东坡有诗曰：论画以形似，见与儿童邻。作诗必此诗，定知非诗人。余曰，此元画也。晁以道诗云：画写物外形，要物形不改。诗传画外意，贵有画中态。余曰，此宋画也。"他说得对。但我们由此也可以看到，元画所达到的高度，是由宋人规定的。

忽必烈入主中原，不知文学艺术之为何物。牧马所过，庐舍典章尽为丘墟。对于水墨写意山水的延续和流行，无疑是起了刺激作用的。文人士大夫有感于生不逢时，寄悲愤于笔墨，或取梅兰菊竹之傲霜凌寒，或取残山剩水的荒凉寥落，干笔皴擦，浅绛点染，有一种苍凉沉郁、简淡高古的情味。这种情味既没有超越宋人的境界，到明代也日益淡漠了。明代画家千余人，清代画家数千人，七嘴八舌，说来说去，只是在重复那个"唯一的词"。其中有说得好的，有说得差些的，但都无法跳出宋人的藩篱，再也开拓不出新境界来了。

这也难怪，开放的感性动力一旦被转化为封闭的理性结构，那就必然导致创造力的衰退。所谓衰退，也就是变化、差异和多样性日益趋向单一。正如同两汉章句的烦琐标志着经学的没落，六朝宫商的盛行标志着宫体诗的衰亡，山水画在清代陷入师古主义的泥淖，辨什么此派彼派，分什么南宗北宗，积起了著作如山，也充分标志着它的道路已经迷失在陌生的社会里了。纵有名家佳作，毕竟大势已去。

发展的成果一旦变成历史的积淀，必然产生惰性，拖住前进的步伐。我们试比较一下元四家和明四家，雅俗的区别是显而易见的。不独山水画如此，其他艺术亦如此。在敦煌石窟中，可以清楚地看到艺术在明、清没落的趋势。所有的绘画、塑像，无一例外，到清代都变得俗不可耐。同是清塑的云南昆明筇竹寺的五百罗汉，同样充满着市井之徒的俚俗之气。古代壁画和塑像中那种安详、自尊、宁静与超脱的气概，到清代一扫而光。这种情况，同文学中戏文、曲子、说唱、武侠小说的流行是一致的。和山水画没落也是一致的，这里面更深层的原因，有待于进一步研究。

（首发于1978年第1期《甘肃师大学报》。）

中国艺术与中国哲学

一

中国传统美学的特点之一,是强调艺术与哲学的联系。而不是像西方古典美学那样,致力于把二者区分开来。这是大致的比较。例外无多,此不计。

从历史上来看,早期西方艺术的主流是戏剧和小说。画以人物画为主,像是故事(主要是宗教故事)的插图。中国艺术的主流是诗。画也是诗(所谓"无声诗")。早期以人物画为主,到中世纪变成以山水画——"无声诗"为主。两种历史现象,区别十分明显。这个区别来自哲学的影响。

西方哲学作为对神学的扬弃,主要是认识客观世界,致力于追求外在知识,语言是描述性的。中国哲学主要是反观自身，致力于通过内省的智慧，成就德性化的人格，语言是启示性的。两种语言，两个语义场的不同，就像十字架和太极图的不同。前者是外射的、开放的，后者是内敛的、封闭的。不论比较文化学怎么说，你几乎找不到它们的交叉点。道、易、象、数、精、气、神……这些中国哲学的基本概念，在西方哲学中都找不到对应的词。

与前者相应，西方艺术追求美与真的统一。亚里士多德的《诗学》，是西方哲学史上第一个完整的美学体系，强调艺术的本质是模仿。从达·芬奇、莎士比亚、泰纳，到车尔尼雪夫斯基，都宣称艺术是反映现实的镜子，甚至是"现实的苍白的复制"。所谓现实主义与浪漫主义的区分，不过是模仿事实和模仿理想的区分而已。所谓现实主义和自然主义的区分，不过是模仿本质和模仿现象的区分而已。哪怕是虚构的东西，无论拉斐尔的天使、鲁本斯的精灵，画起来都力求符合透视、色彩、人体解剖的客观规律。

与后者相应，中国艺术更多地把审美价值等同于伦理价值，强调美与善的统一。与《诗学》同时出现的中国第一部系统的美学著作《乐记》宣称，"乐者，德之华也"。"乐者，通伦理者也。"它首先要求表现主观的、内在的东西，而不是再现客观的、外在的东西。作品的价值不在于它在何种程度上反映或再现了什么，而在于它在何种程度上表现和抒发了什么。这和西方的模仿论，可谓完全异路。《乐记》之后中国的各种文论、诗论、画论、书论、词论，甚至戏剧理论，都是沿着这一条异路，越走越远的。

早先，《乐记》在讲表情的同时也讲"象成"；顾恺之在讲传神的同时也讲"形神兼备"；谢赫在讲"气韵生动"的同时也讲"传移模写"；刘勰在讲"情在词外"的同时也讲"状如目前"。但是越往后，这些也讲越少。"以形写神"，后来发展为"以神写形"，再后来发展为"不求形似"。"论画以形似，见与儿童邻。作诗必此诗，定知非诗人。"诗人和画家，可以说是彼此不分。因为当下的概念运算和符号操作，必须以前此积累起来的心理动力和一定程度的德性体悟作基础。所谓"意匠惨淡经营中"，反而是最后阶段的事情。

于是"读万卷书，行万里路""人品不高，用墨无法"之类，就成了众口一词的老生常谈。

回归，还是出发？

二

中国诗画的这种人格精神，这种太极图式封闭系统的有序平衡，植根于中国哲学深沉的忧患意识。

《易》云："作易者，其有忧患乎？"忧患无所不在。西方历史上的天灾人祸，不比中国少。西方哲学对付忧患的武器，是批判。特别是16、17世纪以后，即所谓"人的发现"以后，哲学批判的锋芒指向了教会、神学和经院哲学。与后者所提倡的禁欲主义相对立，西方哲学家们宣称发现了与彼岸天国的幸福相对立的此岸的、地上的欢乐。追求欢乐的意识，催生了追求人权的意识，以及叛逆精神、反抗性格等进取性人格。这就是以十字架为象征的人格。

中国哲学的内省精神，把吉凶祸福同人的善恶好坏联系起来，把远古图腾文化中萌生的天道和天命观念，转化为以明德、敬德为中心的自我人格修养，激发起人们对自己的行为负责的使命感。通过协调人际关系，达到消灾免难的目的。虽然也有许多意见分歧，但是"其言虽殊，譬犹水火相灭，亦相生也"。其集大成者，仍然有两个方面：儒家强调不以规矩不能成方圆；道家主张任从自然才能得天真。二者之间的矛盾，常常表现为历史和人、政治和艺术、社会与自然之间的矛盾。

前者是美学上的几何学，质朴、浑厚而秩序井然；后者是美学上的色彩学，空灵、生动而无拘无束。二者互相辩难又互相补充，共同维持着每一个小宇宙内在的有序平衡。这种平衡的体验，就是所谓天人合一。它通过心性体悟，跨越语义符号和逻辑公式的平面，崇本息末，达到内在的安详，亦即"大乐与天地同和"。孟子"生于忧患，死于安乐"一语中的"死"字，也可以理解为这种安详。它被主体体验为天人合一。天人合，则忧患失。用庄子的话说，就是逍遥。

我的这种解说，恐为易学家不许。比喻毕竟是比喻。实际上，所谓小宇宙，也不过是大宇宙（一边是物质，一边是反物质。一边是显秩序，一边是夸克、超弦所示的隐秩序）的一个象征。"画以立意"，"乐以象德""文以载道""诗以言志"……这里面都有两个因素，一个是器，一个是道；一个是言，一个是意；一个是象，一个是德。前者实，后者虚；前者有，后者无。得意忘言，有无相生，不是就成了"一阴一阳谓之道"吗？

道不可以验证，更不可精确量度。但是弥纶古今万物，一以贯之。悟道全凭内修，内修全凭心志。所以柔里面又有一种刚。"举世誉之而不加劝，举世非之而不加沮"，自然而然。"寂兮寥兮，独立而不改"。浸润所致，就有了艺术领域"纯棉裹铁""外柔内刚"之类的审美理想和技术要求。

三

产生于忧患意识的快乐必然伴随着沉郁和不安。产生于忧患意识的痛苦必然具有奋发而不激越、忧伤而不绝望的调子。而这正是中国艺术普遍具有的调子。中国的悲剧都没有绝望的结局，即使是死了，也还要化作冤魂报仇雪恨，或者化作连理枝、比翼鸟、双飞蝶，达到亲人团圆的目的。"蝴蝶梦中家万里"，是个人的忧郁，也是一个社会、一个时代共同的心理氛围。

《史记·太史公自序》云："夫《诗》《书》隐约者，欲遂其志之思也。昔西伯拘羑里，演《周易》；仲尼厄陈蔡，作《春秋》；屈原放逐，著《离骚》；左丘失明，厥有《国语》；孙子膑脚，而论兵法；不韦迁蜀，世传《吕览》；韩非囚秦，《说难》《孤愤》；《诗》三百篇，大抵圣贤发奋（愤）之所为作也。"又《屈原贾生列传》云:"屈平之作《离骚》,盖自怨生也。"

这个说法,虽然在个别细节上与考证略有出入,但总的来说是符合史实的。屈原本人就说过,他之所以写作,是"惜诵以致愍兮,发愤以抒情"。这不仅是屈原的态度,也是中国艺术家普遍的创作态度。我们看古代所有的诗文,有多少不是充满着浩大而又沉重的忧郁与哀伤呢?《诗》三百篇,绝大部分是悲愤愁怨之作,欢乐的声音是很少的。即使是在欢乐的时分所唱的歌,例如游子归来的时分,或者爱人相见的时分所唱的歌,也都带着一种荒寒凄冷和骚动不安的调子,使听者感到凉意袭人,例如《小雅·采薇》:

昔我往矣,杨柳依依。
今我来思,雨雪霏霏。

又如《郑风·风雨》:

风雨如晦,鸡鸣不已。
既见君子,云胡不喜?

这种调子，普遍存在于一切古典诗歌之中。

"正声何微茫，哀怨起骚人"，普遍的忧患意识，孕育着无数的诗人。所谓诗人，是那种对忧患特别敏感的人们，他们能透过生活中暂时的和表面上的圆满，看到它内在的和更深刻的不圆满，所以他们总是在欢乐中体验到忧伤：紧接着"我有嘉宾，鼓瑟吹笙"之后，便是"忧从中来，不可断绝"。紧接着"今日良宴会，欢乐难具陈，弹筝奋逸响，新声妙入神"之后，便是"齐心同所愿，含意俱未伸，人生寄一世，奄忽若飙尘"。这种沉重的情绪环境，这种忧愁的心理氛围，正是中国诗歌、音乐由之而生的肥沃土壤。

读中国诗、文，听中国词、曲，实际上也就是间接地体验愁绪。梧桐夜雨，芳草斜阳，断鸿声里，烟波江上，处处都可以感觉到一个"愁"字。出了门是"鸡声茅店月，人迹板桥霜""京洛多风尘，素衣化为缁"；在家里是"梨花小院月黄昏""一曲栏干一断魂"。真的是"出亦愁，入亦愁，座中何人，谁不怀忧？"以致人们觉得，写诗写词，无非就是写愁。即使是"少年不识愁滋味"，也还要"为赋新词强说愁"。

浩大而又深沉的忧患意识，作为在相对不变的中国社会历史条件下代代相继的深层心理动力，决定了中国诗、词的这种调子，以至于它在诗、词中的出现，好像是不以作者的主观意志为转移似的。"愁极本凭诗遣兴，诗成吟诵转凄凉"，即使杜甫那样的大诗人，也不免受这种集体无意识的支配。

不仅音乐、诗歌如此，其他艺术亦如此，甚至最为抽象的艺术形式——书法也不例外。这种奔放不羁、仪态万方而又不离法度的艺术，是中国艺术最好的象征。杜甫欣赏张旭的书法，就感到"悲风生微绡，万里起古色"，这不是偶然的。绘画是另一种形式的书法。也不过是"取会风骚之意"，把忧患意识所激起的情感的波涛，表现为简淡的墨痕罢了。

四

如所周知，人物画在中国画史上不占主导地位。与之相应，小说和戏剧在中国文学史上也不占主导地位。虽然在明、清以后，中国也曾出现过一些真正伟大的小说、戏剧作品，但是，这几种西方艺术的主要形式，总的来说不曾受到中国美学的重视。鲁迅说："小说和戏曲，中国向来是看作邪宗的。"他没有说错。《汉书·艺文志》早就宣称这类作品是"君子弗为"的小道,而把它黜之于"可观者"诸家之外。唐人以小说戏曲为"法殊鲁礼,亵比齐优"(《通典》)。宋人以小说戏曲为"玩物丧志""德政之累"(《漳州府志》)。造成这种情况的原因很多,其中的一个主要原因是,这种擅长于模仿、叙事的艺术门类,同中国美学的主导思想的联系不是最直接的。

这并不是说,古籍中没有关于戏剧和小说的专著。也有过一些这样的专著,如《东京梦华录》《都城纪胜》《西湖老人繁胜录》《梦粱录》《武林旧事》《醉翁谈录》《少室山房笔丛》等等,但是这些著作,没有一本算得上是美学著作,都无非野史、笔记,资料性、技术性的东西。《焚香记总评》和几本小说集的序言,虽然也发过一点议论,都无非杂感之类,没有什么系统性、理论性。所以在中国传统美学中,小说、戏剧的研究是十分薄弱的一环。这最弱的一环恰恰是西方美学中最强的一环。因为从模仿论的观点看来,这种叙事的形式正是再现现实的最好形式。

在西方,最早的诗歌是叙事诗,即史诗。如《伊利亚特》《奥德赛》,它着重描绘事件发展过程、人物状貌动作，以及发生这一切的环境。西方的戏剧、小说就是从史诗发展而来。

所以西方戏剧小说理论强调的是情节，认为戏剧小说的要素是情节而不是人物的个性或者思想感情。亚里士多德《诗学》第八章规定，史诗必须遵循情节发展的逻辑必然性这一规律，达到"动作与情节的整一"，他指出这种"动作与情节的整一"是史诗与历史的区别。后来新古典主义者在"动作与情节的整一"之上加了诸如"时间与空间的整一"等等，被称为三一律，三一律一度是西方古典戏剧小说创作公认的原则。

在中国，最早的诗歌是抒情诗，如《诗经》。它直接或间接表现主体的人的心理感受。"劳者歌其事，饥者歌其食。"饥寒劳苦，以及起于饥寒劳苦的喜、怒、哀、乐、思虑，才是它的真正动力和内容。它有时也着重叙述人物、环境和事件，如《七月》《伐檀》等，但即使在这些作品中，环境和事物也仍然不过是表现的媒介而已，它的要素仍然是思想感情而不是故事情节。中国文学史上最重要的叙事诗是《孔雀东南飞》。即使是《孔雀东南飞》，它的形式、结构也无不从属于情感的旋律。从"孔雀东南飞，五里一徘徊"到"徘徊庭树下，自挂东南枝"，在徘徊而又徘徊之中表现出来的大痛苦，才是这篇作品的中心内容。这个内容不仅决定了它一唱三叹的形式，而且赋予了它以无可怀疑的抒情性质。其他如《木兰诗》等，无不如此。

不论小说戏剧是否确是从诗歌发展而来，中国的戏剧小说都带有浓厚的抒情性，同中国诗的性质相近。《红楼梦》中有一段叙事，脂砚斋评道："此即'隔花人远天涯近'，知乎？"其实整部《红楼梦》，又何尝不是"隔花人远天涯近"。王实甫的《西厢记》，是典型的剧本故事，但是，你看它一开头："可正是人值残春蒲郡东，门掩重关萧寺中，花落水流红。闲愁万种，无语怨东风！"一种炽热的、被压抑的、在胸中汹涌骚动而又找不到出路的激情，成了揭开全剧的契机。这是诗的手法，而不是戏剧的手法。汤显祖的《牡丹亭》，以出死入生的离奇情节著称，但是这情节所遵循的，仍然是情感的逻辑："袅晴丝吹来闲庭院，摇漾春如线，停半晌、整花钿，没揣菱花，偷人半面。""原来姹紫嫣红开遍，似这般都付与断井颓垣，良辰美景奈何天，赏心乐事谁家院！"……由于是沿着情感的线索发展，而不是遵循三一律，全剧的结构就成了一种抒情诗的结构。连《桃花扇》那样的历史剧也不例外，"斜阳影里说英雄""闲将冷眼阅沧桑"，忧国忧民的愁思，交织着荣衰兴亡的感慨，就像是一首长诗。

与表现论相联系的是写意原则。这一点，即使对于小说、戏曲来说也不例外。"优孟学孙叔敖抵掌谈笑，至使人谓死者复生，此岂举体皆似，亦得其意思所在而已。"（《东坡续集》卷十二）苏轼这段话，可以看作是写意原则在小说、戏剧中的应用。中国戏剧的程序化动作已成为一种惯例，像诗词中的典故一样，信手拈来，都成了情感概念的媒介。例如在京戏中，骑马的时候不必有马，马鞭子摇几下，就走过了万水千山，这是无法验证，也无须验证的。所谓"得鱼而忘筌""得兔而忘蹄""得意而忘言"，这些中国哲学一再强调的道理，在这里既是创作的原则，也是欣赏的原则。看戏的各色人等，没有不懂的。

西方的戏剧电影，务求使人感到逼真，演戏的骑马就得处处模仿真实的骑马，草原和道路伴随着嘚嘚的蹄声在银幕上飞掠过去，这种手法比之于京戏的手法，其差别就像是中医同西医的差别。前者讲虚实，讲阴阳，后者讲血压体温，细菌病毒。后者可以验证，前者不可以验证。不可以验证不等于不科学，有许多西医治不好的病中医能治好，就是这一点的证明。这就叫："可以言论者，物之粗也；可以意致者，物之精也。言之所不能论，意之所不能察致者，不期精粗焉。"（《庄子·秋水》）

五

"发愤抒情"是动力论。"不求形似"是方法论。"不求形似"的形，犹言形质、形象、器用，也就是各个具体的事物之所以存在的，或者说之所以被我们感知、认识和利用的形式。在中国哲学看来，形质、形象、器用都不重要，只有这些事物之所以成为这些事物的道才重要。《易》曰："形而上者谓之道，形而下者谓之器。"重道轻器，重意轻言，是传统的中国哲学也是传统的中国艺术一贯的立场。

在西方，语言是经验科学的工具，所以是形而下的、描述性的，必须名实相应，反映忠实，模仿精确，再现可以验证性。与之不同，中国哲学所使用的语言是形而上的。（这里取"形而上"一词的本意，而不是取现在所流行的、所谓与辩证法相对立的那个引申义。）它的功能是启示性、象征性的，所以常跨越逻辑公式的平面,"书不尽言,言不尽意",读者可以得意而忘言。老子说"道可道,非常道"。这句话可以直译为能够用言辞表达出来的道不是真正的道,也可以意译为地图不是领土。不管后来的诗人们怎样锤炼自己的句子,他所追求的仍然是意在言外,而不是在地图上扬鞭耕耘。刘禹锡诗:"常恨语言浅,不如人意深。今日两相视,脉脉万重心。"古人惜墨如金,此之谓乎?

中国艺术和中国美学追求言外之意、弦外之音、象外之旨,是同中国哲学的形而上学精神相一致的。正如西方艺术和西方美学要求反映精确描述具体,是同它的形而下学精神相一致的。形而上学要求越过物物之理而追索那个总稽万事万物的道理,所以表面上看起来同辩证法相对立,有点虚玄,其实不然。这种思想恰好是要求从联系的观点和整体论的观点来看问题,中国的中医理论,把这一点讲得最为充分。

宋人最喜欢用"形而上"和"形而下"这两个概念,美学上的"不求形似"说之所以首先出现于宋代,不是偶然的。中国绘画之所以到宋代特别明显地趋向于写意,不是偶然的。"运用于无形谓之道,形而下者不足以言之。"(张横渠:《正蒙·天道篇》）不足以言之，故"贵情思而轻事实"，"逸笔草草"，宜矣。书画的笔墨，是艺术语言，也是一种启示、一种象征，不仅是抒情写意，而且是以象明道。"象者文也"。"德盛矣哉"，于是乎有文。文就是迹，迹就是器，所以器虽小，却又足以明道。"六经皆器"，诗文词赋，书画音乐，何能不器？

《易》云："生生之谓易。"易象是一种抽象，又是一个过程。人们出于忧患，探索盈虚消息，因卜筮而有象，因象而有情，因情而有占。以形而下者说出那形而上者，有点儿像象形文字的形声和会意。卦爻和象形文字虽不是真正的哲学，也不是真正的艺术，但却是二者共同的雏形。正如胚胎发育的过程是生物进化的过程的缩影，在这个雏形之中包含着许多中国艺术由之而生成的要素。如王弼《周易略例》所说："象生于意而象存焉，则所存者，乃非其象也……故立象以尽意，而象可忘也。"

六

艺术，作为德性化人格的表现，不言而喻，首先要求诚实。不诚实，不说真话，要表现德性化的人格是不可思议的。中国美学对艺术提出的最基本的要求,也就是诚实。这一要求,同中国哲学的传统精神完全一致。

《周易·文言传》:"修辞立其诚。"《荀子·乐论篇》:"著诚去伪,礼之经也。"《庄子·渔父篇》:"真者,精诚之至也,不精不诚不能动人,故强哭者虽悲不哀,强怒者虽严不威,强亲者虽笑不和。真在内者,神动于外,是所以贵真也。"这个儒、道两家一致的意见,成为中国美学的一个核心思想。

中国哲学是实践理性,所谓"修辞立其诚",也有其实践意义。忧患意识是对德与福之间因果关系的意识。"天道福善祸淫"(《尚书·汤诰篇》),"唯厚德者能受多福"(《国语·晋语》),诚是德,故能致福,不诚是失德,故能致祸。古人所谓的福与祸,也就是今天我们所说的社会效果。按照中国哲学和中国艺术的传统精神,只有说真话的作品才能表现自己的时代精神和引起好的社会效果。说假话的作品尽管一时好听,从长远来说则是既有害于个人又有害于社会和国家的。李觏《潜书》云:"善卜筮者,能告人以祸福,不能使祸福必至于人。喜福而怠修,则转而致祸;怛祸而思戒,则易而为福。若是,则龟筴皆妄言。故歌大宁者,无验于昏主,恤危亡者,常失于明后。善言天下者,言其有以治乱,不言其必治乱。"艺术家和哲学家都不是预言者,他们只要说出自己的真实的感受、真实的思想,他们也就对社会尽到了自己的责任。

钟嵘《诗品》:"观古今胜语,多非补假,皆由直寻。"方东树《昭昧詹言》:"古人论诗,举其大要,未尝不喋喋以泄真机。"刘熙载《艺概》:"赋当以真伪论,不当以正变论。正而伪不如变而真。"《袁中郎全集·序小修诗》:"非从自己胸臆中流出,不肯下笔……真人所作,故多真声。不效颦于汉魏,不学步于盛唐;任性而发,苟能通于人之喜、怒、哀、乐,嗜好情欲,是可喜也……"像这样的例子,不胜列举。诗、文如此,绘画、音乐等等亦如此。俗人之画必俗,雅人之画必雅,"贤、愚、不肖……皆形于乐,不可隐匿"。所谓文如其人,画如其人,乐亦如其人,这是中国美学一贯的观点。这种观点同西方美学的着重强调真实地再现客观事物,真实地反映客观现象,强调作者愈是不介入所描写的客观对象愈是高明,其着眼点和出发点显然是不同的。

因为说真话,所以艺术作品才有可能表现出自己的时代，表现出自己时代的时代精神和社会心理面貌。"是故治世之音安以乐，其政和；乱世之音怨以怒，其政乖；亡国之音哀以思，其民困。声音之道，与政通矣。"另一方面，由于艺术在本质上是真诚的，所以从你的作品不仅可以见出时代，也可以见出你自己的人格，如果你说假话，也可以见出你虚伪的或者阿谀取宠的人格，"不可隐匿"。"予谓文士之行可见：谢灵运小人哉，其文傲；君子则谨。沈休文小人哉，其文冶；君子则典。鲍照、江淹，古之狷者也，其文急以怨；吴筠、孔珪，古之狂者也，其文怪以怒；谢庄、王融，古之纤人也，其文碎；徐陵、庾信，古之夸人也，其文诞。或问孝绰兄弟？予曰，鄙人也，其文淫。或问湘东王兄弟？予曰，贪人也，其文繁。谢朓，浅人也，其文捷。江聪，诡人也，其文虚。"（王通《中说》）作品的形式结构，也表示出作者的心理结构。心理结构又可以纳入道与德的范畴。所以大至国家的道德（政治），小至个人的道德（人品），无不在艺术作品中表现出来，而达到不同的社会效果，而成为衡量作品价值的一个重要尺度。

这个尺度，不仅是美的尺度，也是善的尺度。所以艺术作品,在中国美学看来是真(真诚)、善、美的统一。这种统一也就是人格的统一。艺术不仅表现这统一,也通过人与人之间思想感情的交流,导向这统一。所谓"同民心而出治道",从有文献可以严格考察的历史时代起,自古以来一直是这样。这可说是中国艺术的一个传统。

当然,也曾出现过偏离这个传统的倾向,如辞、赋骈文的纤巧,齐、梁宫体的浮艳,"俪采百字之偶,价争一字之奇",完全颠倒了文与质的关系。但是这种倾向一出现,立刻就会受到批评。当时的刘勰、钟嵘、裴子野、苏绰、李谔……以及后来唐代古文运动诸大家,都曾在批评这种倾向的同时,重申了"修辞立其诚"的原则。

刘勰《文心雕龙》云:"夫铅黛所以饰容,而盼倩生于淑姿;文采所以饰言,而辩丽本于情性。故情者文之经,辞者理之纬;经正而后纬成,理定而后辞畅,此立文之本源也。昔诗人篇什,为情而造文;辞人赋颂,为文而造情。何以明其然?盖风雅之兴,志思蓄愤,而吟诵性情,以讽其上,此为情而造文也。诸子之徒,心非郁陶,苟驰夸饰,鬻声钓世,此为文而造情也。故为情者要约而写真,为文者淫丽而烦滥。而后之作者，采滥忽真，远弃风雅，近思辞赋，故体情之制日疏，逐文之篇愈盛。故有志深轩冕而讽咏皋壤，心缠几务而虚述人外，真宰勿存，翩其反矣。……是以衣锦褧衣，恶文太章；贲象穷白，贵乎反本。"刘勰这一段话，在批评"为文而造情"的同时，也指出了艺术的本质是"为情而造文"。"为情而造文"者是诗人，"为文而造情"者，辞人而已。按照刘勰的语义，诗人和辞人的区别，是说真话和说假话的区别，也就是真艺术和假艺术的区别。后世论画者，多指出金碧重彩画是"功倍愈拙"，是"为学日益，为道日损"。其所持的理由，基本上与刘勰相同。

"为情而造文"的所谓情，也不是任何一种情，而是在"以礼节情"的哲学思想指导下受礼所调节的情，即符合仁义道德的情。这一点在批评齐梁风气的许多文献中，可以看得很清楚。如《中说·王道篇》云："古君子志于道，据于德，依于仁，而后艺可游也。"《隋书·文学传序》云："易曰，观乎天文以察时变，观乎人文以化成天下。传曰，言，身之文也，言而不文，行之不远。故尧曰则天，表文明之称，周云盛德，著焕乎之美。然则文之为用，亦大矣哉！""梁自大同之后，雅道沦缺，渐乖典则，争驰新巧……其意浅而繁，其文匿而彩……盖亦亡国之音乎？"柳冕《与徐给事论文书》云："杨马相似，曹刘骨气，潘陆藻丽，文多用寡，只是一技，君子不为也。"韩愈《答李秀才书》云："愈之所志于古者，不惟其辞之好，好其道焉尔。"又《答李书》云："行之乎仁义之途，游之乎诗书之源，无迷其途，无绝其源，吾终身而已矣。"柳宗元《答韦中立论师道书》云："始吾幼且少，为文章以辞为工。及长，乃知文者以明道，是固不苟为炳炳，务采色，夸声音，而以为能也。……本之《书》，以求其质；本之《诗》，以求其恒；本之《礼》，以求其宜；本之《春秋》，以求其断；本之《易》，以求其动；此吾所以取道之源也。参之穀梁氏，以厉其气；参之孟荀，以畅其支；参之老庄，以肆其端；参之《国语》，以博其趣；参之《离骚》，以致其幽；参之太史公，以著其洁，此吾所以旁推交通，而以之为文也。"我们看，韩、柳古文运动之所以有"起八代之衰"的力量，还不是由于它的根子是扎在中国哲学精诚原则的深处的吗？

　　古文运动给了虚伪浮夸和片面追求形式美的倾

向以有力的冲击，但是那种"二句三年得，一吟双泪流"的作风，直到宋、明以后才真正廓清。真诚问题作为一个艺术的本质问题，被明确地提出来，正如"不求形似"的问题作为一个创作方法提出来，都是宋、明以后的事。最明确地突出这一点的是李贽。李贽认为："结构之密，偶对之切，依理于道，合乎法度，首尾相应，虚实相生"等等形式美的要求，之所以"皆不可以语于天下之至文"，其根本原因就是假。他写道："岂其似真非真，所以入人之心者不深耶！"（《焚书》）他指出，真正的艺术家，只能是那种有话要说，不得不说，"宁使见者闻者切齿咬牙，欲杀欲割，而终不忍藏之名山，投之水火"的人。他的这种思想，上接屈原的"发愤抒情"说、司马迁的"发愤著书"说和刘勰的"为情而造文"说，下通袁宏道的"率性"说和龚自珍的"童心"观，可以说是中国艺术和中国美学的核心思想。

七

"临邛道士鸿都客，能以精诚致魂魄。"艺术家不是方士巫师，没有催眠术，但他确实"能以精诚致魂魄"。精诚,是一种能摇撼别人灵魂的力量。不仅是情感的力量、人格的力量,而且是意志的力量。这种被西方美学普遍理解为"形象感染力"的东西,在中国美学看来,无非是一种贯注着精诚的意志的形象。意志由于贯注着精诚,所以才能够在形象上表现出坚忍和顽强。

《论语·子罕篇》:"三军可夺帅也,匹夫不可夺志也。"《孟子·尽心上》:"士何事?孟子曰:尚志。"《礼记·学记篇》:"官先事,士先志。"从事艺术创作和哲学研究的中国知识分子——士,最重视的就是尚志。"何谓尚志?曰,仁义而已矣。"(《孟子·尽心上》)"志于道而道正其志,则志有所持也。"(王夫之《读四书大全》)中国哲学所崇尚的道与德,其支柱就是志。

志是一种感性动力与理性结构相统一的精神力量。其强度越大,则人格越高。"义所当为,力所能为,心欲有为,而亲友挽得回,妻孥劝得止,只是无志。"(吕坤《应务》)所以有志者,"富贵不能淫,贫贱不能移,威武不能屈"(《孟子·尽心上》)。中国哲学上的这个志的概念,也就是中国艺术上的力的概念。

那种《易》所借以"观我生进退"的力，在艺术中表现出来时渗透着作者的情感和意志。这就是构成艺术的最基本的要素。力若无志的充实，便不会有方向性。如果是画的话，线条就会在纸上轻飘飘地滑过去，而不会"力透纸背"，或者"如锥划沙"。情意力的基质是画的骨。没有力也就是没有骨。画史上的所谓"没骨花卉""泼墨山水"不在此列，因其有内含的骨，论者并不以为无骨。无骨是指没有力量，并不是指没有线条。荆浩《笔法记》云："生死刚正谓之骨。"画家们所谓笔法，其实也就是骨法。所以思想感情不同，笔情墨趣也就不同。

张彦远《历代名画记》云："骨气形似皆本于立意，而归乎用笔。"这也就是我们前面所说的艺术修养。艺术修养基于人格修养、道德修养。必须"精诚忽交通，百怪入我肠"，然后才有可能"龙文百斛鼎，笔力可独扛"。没有这种画外功夫，画是不会有力的。中国书法家、画家论字画，常说"有力量"或者"没有力量"，很少说"美"或者"不美"，这种用词上的差异，很有趣。

吕凤子《中国画法研究》说过：凡属表示愉快感情的线条，无论其状是方、圆、粗、细，其迹是

回归，还是出发？

燥、涩、浓、淡，总是一往流利，不作顿挫，转折也是不露尖角的。凡属表示不愉快感情的线条，就呈现出一种艰涩状态，停顿过甚的就显示焦灼和忧郁感。纵横挥斫，兔起鹘落，就构成表示某种激情或绝愤。不过，这种抒写激烈情绪的线条在过去的名迹中是不多见的。过去的作者虽讲气势，但要保持雍穆宽宏气度。剑拔弩张的线条常被痛绝，而"纯棉裹铁"的"棉里针"线条，就从最初模仿刀画起一直到现在都被认为是中国画的主要线条，没错。

其实，中国美学对中国画的这种传统要求，也是中国美学对诗、文、书法等等的共同要求。剑拔弩张，绝对是贬义词。所谓"发乎情，止乎礼义""怨诽而不乱""好色而不淫"，不也就是诗、文领域中的"绵里针"吗？像《胡笳十八拍》或《窦娥冤》那样呼天抢地的作品也能感人至深，却很少有人那么写，绝大多数都是合乎儒家中庸之道的所谓诗教。西方表现忧患与痛苦的作品，音调多急促凄厉，使人紧张奋发。中国表现忧患与痛苦的作品，音调多从容徐缓，所谓"百炼钢成绕指柔"。

坚韧固然坚韧，但到底是好是坏，我时不时会怀疑一下：绵里针化为绕指柔，还能顶得住什么呢？我们这个千年古国百代兴亡,从未摆脱统治者们王霸之道的蹂躏,是不是也和这个有关?我不知道。

(首发于1980年第1期《甘肃师大学报》。)